Ursula Hasler

Pedro und die Bettler von Cartagena

Ursula Hasler wurde 1940 in Zürich geboren. Sie hat an verschiedenen Literaturwettbewerben teilgenommen und schreibt überwiegend Kurzgeschichten und Glossen. »Pedro und die Bettler von Cartagena« ist ihr erstes Kinderbuch.

Ursula Hasler

Pedro und die Bettler von Cartagena

Mit Zeichnungen von Susann Opel-Götz

Deutscher Taschenbuch Verlag

Bearbeitete Neuausgabe nach den Regeln der
Rechtschreibreform
9. Auflage Juni 2000
1992 Deutscher Taschenbuch Verlag GmbH & Co. KG,
München
www.dtvjunior.de

ISBN 3-7915-0810-5
Umschlagkonzept: Balk & Brumshagen
Umschlagbild: Susann Opel-Götz
Gesetzt aus der Aldus 11,5/12,5'
Gesamtherstellung: Kösel, Kempten (www.KoeselBuch.de)
Printed in Germany · ISBN 3-423-70248-6

Inhalt

Wo ist Teresa?

An dem Tag, als Teresa nicht mehr zurückkam, wurde Pedro klar, dass er fliehen musste. Von jetzt an wurde es für ihn lebensgefährlich, egal, ob er blieb oder fortging.

Pedro wohnte zusammen mit Juanita, seiner kleinen Schwester, in einem winzigen Raum in einer der Baracken, die dem »Bettlerkönig« Manu Diablo gehörten. Diesen Raum teilten sie mit Teresa, die sie aber kaum sahen. Sie arbeitete nachts und schlief am Tag; wenn Pedro mit Juanita kam, war sie meist schon weg, und am Morgen mussten sie früh mit dem Betteln anfangen. Teresa war dann meist noch nicht zurück. So wurde der Raum doppelt genützt und die schäbige, dünne Matratze auf dem kühlen Lehmboden blieb fast immer körperwarm. Für Pedro war diese unförmige Matte, die längst den muffigen Geruch des schlecht belüfteten Lochs angenommen hatte, fast so etwas wie eine Mutter. Sie wartete geduldig auf ihn und seine Schwester und nahm abends ihre müden, abgerackerten Körper barmherzig weich in Empfang.

Als Pedro an diesem Abend die morsche Tür zu seinem Verschlag aufstieß, fand er die Matratze so, wie er sie am Morgen verlassen hatte: aufgeschüttelt, glatt gestrichen und kühl. Wenn Teresa hier geschlafen hatte, sah man das sofort an der Form der Kuhle, die ihr zusammengerollter Körper darin zurückgelassen hatte, und meist ließ Teresa auch einen willkommenen Gruß für Pedro und Juanita liegen; ein Stück Brot, eine Mango oder eine Banane, ganz selten sogar ein Stückchen Schokolade.

Pedro blieb in der Türöffnung stehen. Auf seiner linken Hüfte saß Juanita wie immer. Es sah fast so aus, als wäre ihm dort ein siamesischer Zwilling gewachsen. Sie schlenkerte ungeduldig ihre kraftlosen Unterschenkel, als wolle sie ihm die Sporen geben. Aber Pedro starrte auf die unberührte Matratze und rührte sich nicht, auch dann nicht, als Juanita ihre Arme enger um seinen Hals legte und ihm schnaubend ihren warmen Atem in den Nacken blies. Pedro wusste es sofort: Teresa war etwas zugestoßen. Er hatte es längst geahnt, befürchtet – nun war es geschehen.

Eigentlich hatte er es schon gespürt, als er die dunkle Baracke betreten hatte. Im Türrahmen zu dem düsteren Abteil, das man großspurig »das Büro« nannte, stand der gefürchtete Bettlerkönig Manu Diablo, ein großer, spindeldürrer Mann mit einem ledernen Gesicht und einem länglichen, kahlen, braun gefleckten Schädel, ein nussfarbener Totenkopf mit stechend kleinen schwarzen Augen in dunklen Höhlen. Ihm gehörten die Baracken mit den dürftigen Unterkünften, die nicht mehr als ein schadhaftes Dach über dem Kopf boten, und ihm schienen auch die Menschen zu gehören, die in die Mühlen seiner Bettel-Organisation geraten waren. Wer einmal in seinen Fängen hängen geblieben war, kam nie mehr los. Manu Diablo ließ sich hier nur blicken, um die Einnahmen seiner Bettler einzuziehen, und es bedeutete nichts Gutes, wenn er, hoch aufgerichtet in der Bürotür stehend, seinen knotigen Stock griffbereit unter den linken Arm geklemmt, jeden Eintretenden mit misstrauischem Blick musterte.

In der Baracke, in der sonst um diese Zeit die üblichen Geräusche der heimkehrenden Bettler zu hören waren, herrschte eine unheimliche Stille wie vor einem Erdbeben. Pedro war froh, dass er gerade heute einen ziemlich fetten Brocken mitbrachte: fünf amerikanische Dollar von einer jungen Frau, offenbar einer ausländischen Touristin, die entsetzt gewesen war über Juanitas verkrüppelte Beine und ihm das Geld fast mit Tränen in den Augen in die Hand gedrückt hatte. Pedro hatte sich sehr bedankt bei ihr und auch Juanita hatte ein bisschen gelächelt, als er ihr die kostbare Beute zeigte. Amerikanische Dollars hatte er seit Monaten keine mehr gesehen.

Pedro grub ein paar Münzen aus der Tasche und sah, wie Manu Diablos Gesichtszüge härter wurden, und fast freute er sich auf den Augenblick der Überraschung, als er zuletzt seine Dollarnote herauszog. Aber Manu Diablos gegerbtes Pokergesicht blieb undurchdringlich und unfreundlich. Er warf das Geld, ohne es recht anzusehen, hinter sich auf den wackligen Bürotisch, fasste den Griff seines Stocks, der unter der linken Schulter steckte, und raunzte: »Wo das war, wäre auch noch mehr gewesen, Dummkopf!« Aber er erhob den Stock nicht zum Hieb, sondern wies Pedro mit einer herrischen Geste die Richtung nach seinem Verschlag. Eilig schleppte Pedro Juanita durch den schwach erhellten Gang. Er spürte, wie ihm Manu Diablo argwöhnisch nachsah, und es war, als säßen ihm die scharfen Blicke wie glühende Kohlenstücke zwischen den Schulterblättern.

Sorgfältig schloss Pedro die Tür hinter sich, so gut es eben ging. Seit er hier war, hing sie schief in den Angeln und ließ sich nie ganz schließen, geschweige denn verriegeln. Seufzend ließ er Juanita auf das Lager plumpsen. Sie wurde von Tag zu Tag schwerer, er wusste nicht, wie lange er sie noch mit sich herumschleppen konnte. Zwar hatte sie in den letzten Monaten große Fortschritte gemacht und konnte auf dem einen Bein für kurze Zeit stehen, aber das Gewicht ihres Körpers drückte schmerzhaft auf ihre mehrfach gebrochenen und schief zusammengewachsenen Unterschenkel und der Schmerz machte sie rasch müde. Wahrscheinlich würde er bald irgendeinen fahrbaren Untersatz mit Rädern für sie basteln müssen. So wurde sie für ihn zwar zur geringeren Last, aber ein Wagen war auch wieder umständlicher und die Straßen der Stadt waren holprig und rau.

»Wo ist Teresa?«, fragte Juanita, als Pedro sich zu ihr setzte und aus ihrem Rucksack die Papiertüte fischte, die ihm Pepe mit auf den Weg gegeben hatte. Pepe war der Eisverkäufer unten in seiner Straße, der manchmal gerade im richtigen Moment dafür sorgte, dass Pedro und Juanita nicht verhungerten. Er verkaufte Eis in gebackenen Waffeltüten. Manche zerbrachen oder der Rand bröckelte ab, jedenfalls konnte Pepe nur schöne ganze Waffeln als Eistüten brauchen und so sammelte er den Abfall für Pedro und Juanita in einem Papierbeutel, den er jeweils abends in Juanitas Rucksack steckte. Heute war es nur eine kleine Hand voll bröckliges Zeug. Pedro hielt seiner Schwester den geöffneten Papierbeutel hin.

»Wo ist Teresa?«, fragte Juanita noch einmal. Pedro schrak aus seinen Gedanken auf. Er hob die Schultern und setzte ein gleichgültiges Gesicht auf. Juanita sollte nicht merken, dass er Schlimmes befürchtete. Bestimmt war Teresa etwas zugestoßen. Sie mussten verschwinden, das fühlte er. Und zwar musste das rasch geschehen. Er würde morgen mit Antonio reden. Etwas Unheimliches braute sich in dieser Baracke zusammen. Und das hatte etwas mit Teresa zu tun.

Morgen, dachte Pedro, morgen werden wir nicht mehr hierher zurückkommen. Koste es, was es wolle.

Antonio

Wenn man die Stadt Cartagena aus der Höhe betrachtet, sieht sie aus wie ein Gesicht von der Seite. Stirn und Nase haben fast die gleiche Richtung von Ost nach West und bilden die Küste der Karibischen See. Die Nase ist lang und spitz und wirkt schwerfällig durch die vielen Hochhäuser und Hotels.

Durch den Blick ringsum auf das Wasser ist die Nase eine beliebte Wohngegend für Touristen und reiche Leute. Für Bettler ist es kein gutes Pflaster, weil die Polizei dort häufiger patrouilliert und aufpasst, dass die Passanten nicht belästigt werden.

Unter der Nase befindet sich ein großer Mund oder vielmehr eine große Mundhöhle mit fast geschlossenen Lippen. Dieser Teil wird deswegen auch »La Boca«, der Mund, genannt. Das ist der Hafen mit seiner engen Einfahrt, der von der Stadt ganz umschlossen ist. Die Spanier, die vor ein paar hundert Jahren große Teile von Südamerika unter ihre Herrschaft brachten, erkannten sofort die gute Lage der natürlichen Bucht mit der schützenden Verengung. Die gute Sicht von der »Nasenspitze« aus über das offene Meer machte das Küstenstädtchen zu einem berühmten und sicheren Hafen. Zudem erhob sich das Gelände am günstigsten Punkt zu einem sanften runden Hügel. Die spanischen Generäle ließen eine Stadtmauer gegen das Landesinnere und eine Festung auf dem Hügel bauen. Von hier aus konnten sie bequem alles beobachten, was sich in weitem Umkreis bewegte. Am Rand des Hafens ist noch heute ein Teil der alten Stadtmauer mit ihren riesigen Steinquadern erhalten.

Weiter südwestlich, unterhalb der Hafenbucht, auf dem undeutlich ausgebildeten Kinn, gibt es auffallend wenige Häuser; nur wer genau hinsieht, erkennt die kreuzförmig angelegten Pisten und Rollwege des Flugplatzes. An klaren Tagen, wenn der Küstenwind den Himmel blau und blank fegt, kann man von der erhöhten spanischen Festung aus das ganze Gesicht der Stadt mit all seinen Einzelheiten erkennen. Autos kriechen herum wie winzige Schnecken, Menschen wuseln durcheinander wie Ameisen und stauen sich am Stadttor; man kann die intensive Farbe der dicht stehenden Blüten an den Bäumen erkennen, vor allem das flammende Gelb der Araguaney, und je nach Windrichtung dringen einem wellenförmig die Geräusche der Stadt an die Ohren: Hupen, Rufen, das Rauschen des Verkehrs und der Meeresbrandung, ab und zu das heisere Tuten eines großen Schiffes.

Pedro kam gern hierher, wenn er sicher war, dass er seinen Bettelplatz unbemerkt verlassen konnte. Er scheute keine Mühe, Juanita auf diesen kleinen Hügel zu schleppen. Von der Geschichte dieser Stadt und seines Landes wusste er nicht viel. Alles, was er wusste, hatte er von Touristenführern aufgeschnappt, die fast jeden Tag mit kleinen Gruppen von bunt gekleideten Fremden vor alten Häusern oder in den Kasematten herumstanden und in verschiedenen Sprachen Erklärungen hersagten wie auswendig gelernt. Er wusste, dass er spanisch sprach, weil die Spanier dieses Land erobert hatten. Pedro konnte sich freilich nicht richtig vorstellen, wie man ein ganzes Land »erobern« konnte, schließlich konnten die es ja nicht mit nach Hause nehmen und vorzeigen. Was ihn viel mehr beeindruckte war die lange Zeit, die seitdem vergangen war. Wenn er über die unregelmäßigen Pflastersteine im Hof der Festung ging, musste er immer daran denken, dass irgendwelche Menschen vor vielen hundert Jahren diese Steine zusammengepasst und aneinander gesetzt hatten. Vielleicht war darunter ein Mann gewesen, dessen Sohn einen Sohn und der wieder einen Sohn hatte und so immer weiter, bis daraus Pedro wurde. Das waren seine Gedanken, wenn er auf der mageren Wiese unterhalb der Festungsmauer saß.

Er konnte mühelos bis hundert zählen; hin und wieder versuchte er, viermal hintereinander bis hundert zu zählen und sich bei jeder Zahl vorzustellen, dass es ein ganzes Jahr wäre. Danach sah er sich verträumt und ehrfürchtig die Steine wieder genauer an. Sie waren bräunlich, fast wie rostig, und in ein paar Nischen hatten sich spärliche Moose und unscheinbare, zarte Pflänzchen angesiedelt.

Als Pedro an diesem Nachmittag den Weg zur Festung einschlug, dachte er nicht an die Steine und an die Stadt, auch nicht an ihre Geschichte. Er beachtete kaum die prächtige Sicht über Bucht und Meer, und das rege Leben, das in den Straßen pulsierte, die Menschen und Fahrzeuge, die sich dicht aneinander vorbeischoben, machten ihm heute Angst. Irgendwo da unten wurde Teresa in diesem Augenblick festgehalten. Gewiss war sie nicht freiwillig weg geblieben. Vielleicht war sie tot. Diese Ungewissheit machte für Pedro die Stadt, in der er jede Straße und jedes Haus kannte, zu einem heimtückischen fremden Gebilde.

An seinem Plätzchen unterhalb der Mauer ließ er Juanita sanft zu Boden gleiten und setzte sich neben sie. Er hatte Glück gehabt heute Morgen beim Betteln und konnte sich diesen Ausflug leisten. Er musste nicht mit leeren Händen zur Baracke zurückkehren. Falls es ihm nicht gelingen sollte, seine Flucht rasch genug vorzubereiten, hatte er immerhin etwas Geld erbettelt. Allerdings hieß es gut aufpassen, denn Manu Diablo ließ seine Bettler streng kontrollieren, ob sie sich auch wirklich an ihren zugeteilten Bettelstellen aufhielten. Aber der »General«, wie der grimmige alte Mann genannt wurde, der in Manu Diablos Auftrag die Straßenbettler der westlichen Stadthälfte zu kontrollieren hatte, kam nicht allzu oft bis ans Ende der Straße, wo Pedro im Eingang von Nummer 177 betteln musste.

Der schlechte Standplatz hatte also für Pedro auch seine Vorteile. Er sah den »General« nur selten. Allerdings hatte auch der »General« wieder seine Spitzel, die er vor allem dorthin schickte, wo sein eigenes Gesicht zu bekannt war. Pedro hatte mit der Zeit eine Nase für solche Leute entwickelt – er konnte nicht genau sagen, woran er sie erkannte –, irgendwie spürte er es an ihren Blicken.

Von der Festung aus konnte er den äußeren Teil des Hafens genau beobachten. Das Hafengelände war schmal und eng und eigentlich viel zu klein für die Ladungen, die hier täglich gelöscht wurden. Gleich dahinter schloss sich der älteste Stadtteil mit dem Regierungsgebäude und dem Gerichtspalast an und so blieb kaum Platz für die schmale Reihe von Häusern, die an die Stadtmauer geklebt zu sein schienen: Hafenkneipen, Güterschuppen, Spezereihandlungen und kleine Lagerhäuser, in denen ein ständiges Kommen und Gehen war. Rechtwinklig zur alten Hafenstraße waren Molen wie gestreckte Arme in den Hafen hinausgebaut, breite, plumpe Arme, auf denen sich ständig irgendwelche Container und Kisten stapelten. Hinter der breitesten Mole war ein hellblau gestrichenes Haus mit winzigen Fenstern zu sehen. Pedro kannte es gut; es war eine Weinhandlung mit einem weitläufigen Keller, dessen Fenster auf gleicher Höhe lagen wie die Straße davor. Tiefer hatte man in diesem Gelände die Keller wegen des Meereswasserspiegels nie graben können. Dieser Weinkeller war ein modrigfeuchtes Loch, in dem sich niemand freiwillig für längere Zeit aufhielt. Niemand außer Antonio und seinen Kameraden. Aber für die war er ein geradezu idealer Schlupfwinkel.

Pedro beobachtete die Eingangstür scharf. Es war eigentlich keine Tür, nur ein breiter offener Durchgang mit einem nicht ganz hochgezogenen metallenen Rollo, der zu einem kahlen Hinterhof führte. In diesem Hinterhof befand sich linker Hand der Eingang zum Weinkeller, aber das konnte man von der Festung aus nicht sehen. Leute gingen ein und aus, die im vorderen Teil des Hauses zu tun hatten. Um diese Zeit machten sich gewöhnlich Antonio und Fernando auf zu ihrem Beutezug durch die Stadt. Pedro sah angestrengt auf das dunkle, breite Tor in der Mitte des hellblauen Hauses.

»Wartest du auf mich?«, fragte plötzlich eine helle Stimme halblaut in Pedros Rücken.

Er drehte sich blitzschnell um, dann entspannte sich sein Gesicht. »Erraten – seit mindestens zehn Minuten starre ich ununterbrochen auf deine Haustür. Wo ist Fernando?«

»Der ist heute fischen gegangen.«

»Wie? Fischen? Richtige Fische?«

»Was dachtest du denn?«

»Brieftaschen, wie immer.«

»No, Señor – heute nicht. Zu viele Guardias im Dörfchen zur Zeit.« Zu viel Polizei – wieso? Pedro erschrak. Sein Herz schien für einen Augenblick still zu stehen. Von Polizisten hielt Antonio nicht viel und das war auch nicht weiter verwunderlich.

Antonio und Fernando arbeiteten als Taschendiebe zusammen. Die beiden wohnten mit drei weiteren Jungen schon seit langem in jenem Weinkeller am Hafen. Der älteste unter ihnen hieß Ramon. Er kam Pedro vor wie eine Mischung zwischen Bandenführer und Familienvater.

Fernando war ein groß gewachsener, schlaksiger Dreizehnjähriger mit einem bleichen, flächigen Gesicht und schweren Augenlidern, die den Eindruck machten, als sei er immer gerade kurz vorm Einschlafen. Dafür hatte er umso flinkere Finger. Antonio war ein aufgeweckter Junge von zehn Jahren, pfiffig und

fantasievoll, besonders wenn es darauf ankam, den Besitzer einer Brieftasche oder einer dicken Geldbörse abzulenken.

In all den Gegenden der Welt, wo es viele Taschendiebe gibt, sind die Leute auf den Straßen aufmerksamer und vorsichtiger, fast möchte man sagen: von Natur aus. Wenn sie angerempelt werden oder »zufällig« mit jemandem zusammenstoßen, sind sie automatisch auf der Hut und achten besonders gut auf ihre Wertsachen. Aber Antonio, klein und etwas dicklich, konnte mit seinem engelhaften Gesicht und seinen unschuldig blickenden Augen die meisten seiner Opfer mühelos täuschen und erfand auch immer wieder neue Tricks. Gewissensbisse hatte er keine. Leute, die nicht auf ihre Sachen aufpassen konnten, sollten sie zu Hause lassen, wenn sie ihnen unentbehrlich waren, sonst schwups – gehörten sie ihm. Er und seine Kameraden konnten sie mindestens ebenso gut brauchen.

Die fünf Jungen wohnten also im Weinkeller jenes blauen Hauses, wobei »wohnen« allerdings reichlich übertrieben war. Es war ein Unterschlupf, den sie eines Tages »gefunden« hatten. Sie hatten alle keine Eltern mehr oder waren von ihren Familien getrennt worden, sei es, weil den Eltern in einer anderen Landesgegend Arbeit versprochen wurde, sei es, weil die Eltern fortgegangen und nicht mehr wiedergekommen waren. Die »Caballeros«, wie sie sich nannten, waren auch nicht die Einzigen, die sich in einer solchen Bande zusammengeschlossen hatten. Es gab einige davon in der Stadt und es gab sie, vor allem in den wärmeren

Regionen des Landes, in jeder Stadt. Hier wie überall nannte man sie »Abandonados«, Verlassene. Sie lebten vom Stehlen und von kleinen Betrügereien; wenn sie Glück hatten, konnten sie hie und da Botengänge verrichten, aber es gab so wenig Arbeit in der Stadt und so viele arbeitslose Erwachsene, dass die Gelegenheiten für ehrliche Arbeit fast immer den Erwachsenen vorbehalten waren.

Der Weinhändler, in dessen Keller sie hausten, wusste von ihrer Anwesenheit. Er ließ sie in Ruhe, solange sie sich unauffällig benahmen und keinen Schaden anrichteten. Außerdem ersparte ihm die Bande auf diese Weise die Bewachung des Gebäudes. Einzige Bedingung war, dass der Roll-Laden nachts geschlossen und verriegelt blieb. Wer zu spät kam, musste sich durch das winzige Kellerfenster zwängen, wenn er es nicht vorzog, im Freien zu übernachten.

Antonio setzte sich neben Pedro, nahm ein großes Stück Tortilla aus dem Plastikbeutel, den er stets mit sich herumtrug, und brach drei kleine Stücke aus dem Rand des dürren weißlichen Fladens. Zwei davon reichte er Pedro und Juanita weiter, das dritte schob er sich zwischen die Lippen und begann daran zu saugen.

»Ich glaube, ich weiß, warum du hier bist«, sagte er schließlich.

»Wieso?«

»Oder weißt du's noch nicht? Man hat Teresa gefunden.« Pedro setzte sich kerzengerade hin und starrte Antonio an. Die Hand, die eben das Tortillastückchen zum Mund geführt hatte, sank kraftlos zwischen seine Beine. Eigentlich wusste er sofort, dass sie tot war. Antonio brauchte gar nichts mehr zu sagen. Der Ton in seiner Stimme sagte alles.

»Wo?«, brachte Pedro nach einer Pause heraus.

»Draußen am Fußballplatz. Mit einem Messer im Rücken. Erstochen. Tot. Heute Nacht. – Hast du tatsächlich nichts gewusst?«

»Ich habe es geahnt, weil sie nicht nach Hause gekommen ist. Sie war zuverlässig. Ich wusste gleich, dass etwas geschehen war. Aber ich hoffte, dass sie irgendeinen erklärlichen Unfall gehabt hatte und vielleicht in ein Krankenhaus gebracht worden war... Weiß man, wer's war?«

»Weiß man, wer's war?«, ahmte Antonio Pedro wütend nach und verdrehte die Augen. »Natürlich weiß man, wer's war, alle wissen es, außer der Polizei, und die steht vor einem Rätsel, wie immer.«

»Aber warum?«

»Warum was? Warum sie umgebracht wurde? Im Polizeibericht wird es heißen, es war ein Racheakt aus ihren eigenen kriminellen Kreisen«, sagte Antonio bissig und spuckte ein kleines Steinchen aus, das in der Tortilla eingebacken war.

»Rache wofür?« Pedro konnte es immer noch nicht fassen. »Teresa hat doch nichts getan, was Manu Diablo gegen den Strich ging.«

»Das denkst du – mir ist da anderes zu Ohren gekommen.«

Antonios Andeutungen machten Pedro hellhörig. »Weißt du etwas Genaueres?«

»Ich weiß nur, was man mir erzählt hat. Teresa hat sich mit einer Amerikanerin angefreundet. Anfangs sind sie häufig miteinander herumgezogen, später haben sie sich offenbar nur noch heimlich getroffen. Die Amerikanerin war Journalistin, die hat Teresa über die Bettlerorganisation von Manu Diablo ausgefragt und sie davon überzeugt, dass man über diese Zustände einmal etwas in der Zeitung schreiben sollte. Teresa hatte natürlich Angst, aber die Amerikanerin hat ihr versprochen, dass es nur in einer amerikanischen Zeitung erscheinen würde und Teresa selbst nicht erwähnt würde, damit niemand wusste, wer es der Journalistin erzählt hat. Nun ist offenbar die Sache in der ganzen amerikanischen Presse als großer Knüller herausgekommen, ›Untergrund-Organisation in Kolumbien‹ oder so was. Manu Diablo brauchte nur noch zwei und zwei zusammenzuzählen.«

Pedro schüttelte den Kopf. »Und ich hatte keine Ahnung«, sagte er ehrlich verblüfft.

»Das glaubt dir natürlich kein Mensch.« Antonio grinste fast verächtlich. »Nicht einmal die Polizei.«

»Meinst du, die suchen mich?« Pedro erschrak. Er wusste wirklich nichts. Teresa hatte überhaupt keine persönlichen Gegenstände im Zimmer gehabt, außer etwas Wäsche und Kleidern, vier Wäscheklammern, einem Stück Seife und einer leeren Konservendose mit einer Hand voll ausgebleichter Plastikblumen. Außerdem hatte sie eine Handtasche besessen, in der sie einige Fotos, einen offiziellen Versicherungsausweis, einen Kamm und irgendeinen alten Brief aufbewahrte, den sie nicht einmal lesen konnte. Diese Tasche aber hatte sie immer mitgenommen, wenn sie ausgegangen war.

»Ich kann denen überhaupt nichts sagen, wirklich«, sagte Pedro und sah Antonio nachdenklich an.

»Natürlich – und niemand anders wird denen etwas sagen können. Alle haben nichts gesehen und nichts gehört – wir sind ja schließlich nicht lebensmüde.«

Antonio seufzte und schaute seinen Freund an mit dem Blick eines alten Mannes, der in seinem Leben schon viel gesehen hatte und dem man nichts mehr vormachen konnte. »Du bist natürlich in einer besonders blöden Situation. Ich finde, du solltest für eine Weile verschwinden.« Pedro sah ihn hilflos an. Dass er verschwinden musste, war ihm seit gestern Abend schon klar gewesen, nur: wohin?

»Ich hab Ramon beackert. Er meint, du könntest dich bei uns verstecken. Wir können dich jetzt nicht im Stich lassen.«

Pedros Gesicht hellte sich auf. »Und Juanita?«

Antonio zuckte nicht sehr begeistert die Achsel. »Die eben auch. Du kannst sie ja nicht bei der Gepäckaufbewahrung aufgeben«, sagte er und lachte verlegen.

Die Geschichte mit der Gepäckaufbewahrung hatte ein Vorspiel. Vor etwas mehr als einem Jahr hatte Pedro bei Ramons Bande gefragt, ob sie ihn nicht aufnehmen könnten. Wenn schon, so würde er lieber stehlen als betteln. Damals hatte er geglaubt, es würde nicht schwierig sein, sich auf diese Weise Manu Diablos Klauen zu entziehen.

Ramon hatte seine Jungen gefragt und die Entscheidung lautete einstimmig: Pedro ja, aber ohne Juanita. »Weiber machen nur Schwierigkeiten«, hieß der Urteilsspruch und Pedro hatte wütend erklärt, dann werde er eben Juanita bei der Gepäckaufbewahrung abgeben. Danach hatte er es eine Weile vermieden, Antonio zu treffen, und Antonio war ihm auch aus dem Weg gegangen. Wenn sie sich einmal trafen, wurde das Thema nie mehr angeschnitten.

Jetzt aber hatten die Jungen wohl gespürt, dass Pedro und Juanita in unmittelbarer Gefahr waren, und so war Antonio geschickt worden mit dem Auftrag, Pedro diesen Vorschlag zu machen. Sie waren sogar bereit, Juanita aufzunehmen, damit sie einigermaßen in Sicherheit war.

Pedro sah Antonio dankbar an. »Du weißt, dass wir über dieses Angebot sehr froh sind. Mir war sofort klar, dass uns nur noch die Flucht blieb. Aber weißt du, wenn man nicht weiß wohin ... und rennen kann ich mit Juanita nicht.«

Antonio stand auf und wischte sich die Hände an den Oberschenkeln ab. »Gehen wir?«

Pedro hob seine Schwester auf die Hüfte; sie schien viel leichter als vorher. »Wir gehen zu Antonio und Fernando«, sagte er.

»Und zu Ramon?«

»Ja, und zu Felipe und Diego.«

Juanita, mit ihren fünf Jahren sonst ein ganz vernünftiges Mädchen, benahm sich manchmal – besonders wenn sie sich sehr freute – plötzlich wie ein Baby. Sie klatschte in die Hände und begann mit quäkender Stimme zu singen: »Antonio und Fernando, Ramon, Felipe und Diego ...«

»Psst. Niemand darf es wissen.«

»Warum?« Juanita ließ übermütig die Hände offen in der Luft stehen, als seien sie mitten im Klatschen eingefroren.

»Es ist ein Geheimnis«, sagte Pedro.

»Ein Geheimnis«, flüsterte sie beeindruckt und vergaß sofort ihr kindisches Getue. Die Geheimnisse ihres Bruders waren immer etwas Schönes, das wusste sie.

Der »Palast«

Das große blaue Haus am Hafen war fast genauso baufällig wie alle anderen Häuser ringsum; von einem »Palast« konnte keine Rede sein. Außer einer gut handbreiten, balkonähnlichen Brüstung aus gebeizten Holzstäben, die offenbar nutzlos vor der obersten Fensterreihe rund um das ganze Dachgeschoss lief, war es ein kahles und schmuckloses Gebäude. Der dunkle Eingang, genau in der Mitte der Vorderfront, sah aus wie der offene, zahnlose Mund eines alten Säufers, und wenn man nah genug vorüberging, roch man auch den sauren Atem von abgestandenem Wein.

Die Jungen, die im Keller neben dem Hinterhof lebten, hielt dies alles nicht davon ab, ihre Behausung großspurig als »Palast« zu bezeichnen.

Das Schönste an dem Haus war der Hinterhof, und eigentlich war es Ramon zu verdanken, dass es hier sogar recht wohnlich aussah. Noch vor zwei Jahren hatte der Hinterhof mehr nach Abfallgrube ausgesehen. Unglaublich, was sich alles angesammelt hatte: Kartons, Kisten, leere Konservendosen, zerbrochenes Geschirr, alte, verrostete Autoteile und kaputte Reifen, zwei uralte lederbezogene Autositze, verrottete Stoff-Fetzen, Fischernetze, die so viel Löcher hatten, dass sich das Flicken nicht mehr lohnte, und Flaschen, Flaschen, Flaschen, alle Größen und Formen, ganz und in Scherben.

Ramon kannte Belmont, den Besitzer der Weinhandlung, aus der Zeit, als seine Eltern noch lebten. Ramons Vater hatte ab und zu mit ein paar Freunden beim Reinigen und Schwefeln der großen Fässer geholfen. Diese Arbeit war offenbar immer mit viel Vergnügen verbunden, denn der Vater kam jeweils erst spät in der Nacht oder am nächsten Morgen aufgekratzt und leicht angesäuselt nach Hause. Die Mutter beklagte sich nicht. Sie wusste, dass er für sie und die Kinder immer die Reste des »pan de jamón« nach Hause brachte, ein herrliches weißes Brot, in dem fein gehackter Schinken und Oliven eingebacken waren.

Als Ramons Eltern ums Leben kamen, bot Belmont dem Jungen an, ihm wenigstens das nötigste Essen zu verschaffen, wenn er dafür den Hof gründlich sauber machte. Ramon brachte seinen jüngeren Bruder Diego mit und es dauerte kaum ein paar Tage, bis die übrigen Jungen mit anpackten. Belmont protestierte. Er sagte es Ramon klipp und klar: So ging das natürlich nicht, dass er eine ganze Horde hungriger Wölfe durchfüttern musste.

Ramon machte einen anderen Vorschlag: Fürs Essen würden sie selbst sorgen, den Hof umsonst in Ordnung halten, wenn sie dafür nachts oder bei schlechtem Wetter im Weinkeller Unterschlupf finden konnten. Belmont brummte. Er fürchtete um seinen Wein, aber Ramon versicherte, dass keiner seiner Freunde etwas für Wein übrig habe, im Gegenteil, eine bessere Wache für seinen Keller könne er sich überhaupt nicht denken. Belmont brummte noch immer, aber er ließ sie gewähren und manchmal legte er ihnen abends beim Eingang zum Keller ein Stück altes Brot hin, das er mit seinen paar wackligen Zähnen nicht mehr beißen konnte, oder ein halbes Dutzend überreife Bananen, deren Schalen braun wurden.

Pedro und Antonio waren inzwischen beim »Palast« angekommen. Antonio war durch das düstere Tor vorausgegangen. Im Hof blieb er stehen und schaute sich nach Pedro um. Er wurde von der fast senkrecht stehenden Sonne beschienen und sah vor dem dunklen Hintergrund der alten Stadtmauer aus wie ein etwas zu klein geratener Engel mit einem Heiligenschein. Verwundert bemerkte er, dass Pedro ihm nicht gefolgt war. Er winkte ihm.

Pedro überkam eine fremde Schüchternheit. Ihm war, als würde er aufgefordert, den Himmel zu betreten. Juanita stupste ihn ungeduldig mit den Fersen und Pedro tauchte in die Finsternis des Torbogens, ging vorbei an den beiden Türen, die zu den Treppenhäusern links und rechts führten, aus denen es immer leicht nach Terpentin und geschwefeltem Holz roch, und stand schließlich überflutet vom gleißenden Sonnenlicht neben Antonio im Innern des »Palastes«.

Der Hof war nicht sehr groß. Die beiden Teile des Hauses waren an der Front miteinander verbunden und unförmig direkt an die Stadtmauer angebaut; so hatte man die hintere Wand des Gebäudes gespart, und ein fast quadratischer offener Innenraum ließ die Sonne auch durch die hinteren Fenster in die Räume dringen. Hier war alles grün; an den Fenstern hingen und auf den Fensterbrettern standen Pflanzen in Töpfen und rostigen Blechdosen. Die Stadtmauer war vor allem im unteren Teil stark bemoost und aus dem Moos wucherten üppige Farne und Leinkräuter mit zarten Blüten. In der rechten Ecke ragte eine alte Eisenröhre aus der Mauer und gab einen schwachen, dünnen Wasserstrahl ab.

Antonio gab Pedro ein Zeichen, hier zu warten, und verschwand in einer niedrigen Seitentür, die in den Keller führte. Nach zwei Minuten tauchte er wieder auf. Er nickte stolz, fast feierlich sagte er: »Du kannst kommen«, und trat höflich einen Schritt beiseite, um Pedro den Vortritt zu lassen.

Pedros Augen mussten sich zuerst an das Dämmerlicht gewöhnen. Die Treppe war nur kurz, fünf oder sechs Stufen. Der Keller war kleiner, als er ihn in Erinnerung hatte. Rechts vom Eingang, zwischen der Treppe und der Stadtmauer, die auch hier den Abschluss des Raumes bildete, waren zwei Reihen große Fässer übereinander gestapelt. An der Mauer entlang liefen vierstöckige Holzgestelle mit großen Korbflaschen, die rot versiegelte Kappen trugen. An der gegenüberliegenden Seite, dort, wo vier winzige Fenster direkt unter der Decke auf die Straße hinausgingen, standen etwas schmalere Gestelle mit aufeinander gelegten Weinflaschen. Zwischen der Treppe und der Straßenseite war die Wand von kleinen Weinkisten verdeckt. Die vollen standen ordentlich bis zur Decke gestapelt, die leeren lagen auf dem Boden davor, kreuz und quer ineinander verkeilt, mit aufgestemmten Deckeln und heimtückisch herausragenden Nägeln.

Gegenüber der Treppe bemerkte Pedro eine alte, verrottete Holztür, die vermutlich in den Keller des Nachbarhauses führte. Daneben saß Ramon in einem offensichtlich bequemen Stuhl aus leeren Weinkisten und Strohsäcken.

»Komm näher«, forderte er Pedro auf. »Antonio liegt mir seit dem frühen Morgen in den Ohren, weil du für die nächste Zeit dringend einen Unterschlupf brauchst. Ich weiß, was mit Teresa passiert ist. Mir ist klar, dass du in Schwierigkeiten kommen wirst, wenn du in Manu Diablos Bretterbude bleibst. In ernsthafte Schwierigkeiten. Antonio sagt, die amerikanische Journalistin habe den Fall von Juanita so genau beschrieben, dass alle glauben, du hättest Informationen weitergegeben. Manu Diablo schreckt nicht davor zurück, auch Kinder umzubringen, das weißt du wohl. Und wir wissen es auch. – Wir haben deinen Fall besprochen. Die Mehrheit von uns ist dafür, dass wir dich aufnehmen. Mitsamt Juanita. Obwohl ... es geht bei uns nicht zimperlich zu. Weiber haben hier nichts verloren, das weißt du ja. Kann sein, dass die Kleine allerhand einstecken muss. Das ist nicht unser Problem. Kapiert? Bedingungen hast du keine zu stellen. Sieh zu, wie du zurechtkommst!«

»Ich wüsste nicht, wo ich sonst hingehen könnte mit ihr. Nicht einmal ohne sie«, sagte Pedro und seine Stimme zitterte ein bisschen, »ich hab Angst.«

»Dazu hast du auch allen Grund.« Ramon sprach kühl und unbeteiligt. »Die ersten Tage wirst du hier im Palast bleiben, das muss ich dir ja wohl nicht extra befehlen. Übrigens: Befehle erteilt hier außer mir niemand und auch ich tue es nur, wenn es nicht anders geht. Wer nicht gehorcht, fliegt raus, damit das gleich einmal klar ist.«

Pedro nickte und sah sich nach Antonio um. Der räkelte sich hinten in der Ecke neben den großen Weinfässern auf seinem Sack, der mit Laub voll gestopft war, und lauschte dem Gespräch mit einem gewissen Stolz. Was Ramon sagte, stimmte aufs Wort. Disziplin hatte die Bande, das musste man ihr lassen, und Ramon war ein wortkarger, aber gerechter Boss. Antonio fühlte sich wohl hier. Sein Laubsack lag auf ein paar umgedrehten Weinkisten und sah aus wie ein richtiges Bett. Solche Betten standen in allen vier Ecken und ein weiteres neben Ramons Feldherrnstuhl. Er hatte fast ein eigenes Zimmer: an der Wand neben der Verbindungstür waren zwei uralte, verblasste Poster von Elvis Presley aufgehängt, beide etwas feucht und eingerissen, und rings um das Lager hing ein zerrissenes Fischernetz wie ein schäbiger Vorhang für ein Himmelbett.

»Du kannst einen Platz für euch beide aussuchen«, sagte Ramon und machte eine unbestimmte Bewegung in Richtung Treppe und Richtung Stadtmauer. »Da hinten ist man ziemlich ungestört. Die Korbflaschen werden nur selten gebraucht. Es ist nur ein bisschen dunkel.«

Pedro ging durch den Raum zurück zur Treppe und setzte Juanita auf die unterste Stufe. Der kalte Stein schien ihr unbehaglich. Sie versuchte ihre verkrümmten Beine anzuziehen und rutschte hin und her. Pedro suchte sich von den kleinen Weinkisten einige aus, prüfte sorgfältig, ob keine Nägel hervorragten, und reihte sie dann mit der offenen Seite nach unten vor dem Korbflaschengestell aneinander. So war er Antonio am nächsten. Ihn kannte er von der Bande am besten. Eigentlich war Antonio ein richtiger Freund, obwohl er fast zwei Jahre jünger war als Pedro. Er war stets freundlich und hilfsbereit und er war der Einzige in der Bande, der lesen und schreiben konnte. Niemand hatte es ihm beigebracht. Er hatte bei den Wörtern, von denen er wusste, was sie hießen, die Buchstaben sortiert und diese dann in andern Wörtern wieder gefunden. Eifrig und wahllos las er Plakate, Zeitungen, Aushänge an Kiosken und in Schaufenstern und eine besondere Vorliebe hatte er für die gezeichneten Geschichten mit den Sprechblasen. Er konnte auch rechnen; allerdings brauchte er dazu Finger, Nase, Ohren und was ihm zum Abzählen gerade am nächsten war. Es machte ihm nie etwas aus, wenn die andern über ihn lachten.

»Laubsäcke haben wir im Augenblick nicht. Ich bring dir in den nächsten Tagen Fetzen und Lappen, die du zusammennähen kannst. Vorläufig werden wir dir abends die Kleider geben, die wir nachts entbehren können, damit ihr beide nicht auf den nackten Holzkisten schlafen müsst.« Antonio streichelte liebevoll seinen Lumpensack.

Pedro war alles egal, er hätte auch auf den Kisten, ja, sogar auf dem nackten Lehmboden geschlafen, so froh war er, dass er hier bleiben konnte. Er holte noch eine letzte Kiste, dann war sein Bettgestell genauso zusammengesetzt wie das der anderen. Er ließ sich auf dem Rand nieder, erst vorsichtig, dann mit vollem Gewicht, legte sich probeweise hin: Die Bettstelle war stark genug für beide. Dann holte er Juanita und setzte sie neben sich auf die Kisten. Sie schien sich auch hier nicht wohl zu fühlen. Ihr Gesicht war ernst, ihre dunklen Augen glitzerten noch dunkler als sonst. Sie betrachtete meistens alle Leute mit offenem und interessiertem Blick. Hier saß sie unbeweglich, fast starr, mit hängenden Schultern neben Pedro und warf nur scheue Blicke zu Ramon und Antonio.

Pedro spürte die Spannung und das Unbehagen seiner Schwester und sah sich nervös nach etwas um, was sie ablenken konnte.

Wahllos hob er ein paar herumliegende leere Flaschen auf und sammelte eine Hand voll Korken. Die Flaschen stellte er in einiger Entfernung vor Juanita auf und legte die Korken auf ihre Beine. Er setzte sich wieder neben sie, nahm einen Korken abwägend in die Hand, zielte und warf ihn nach einer Flasche. Zuerst verfehlte er absichtlich, um Juanita neugierig zu machen, dann traf er, zweimal, dreimal. Juanitas Angst wich. Sie klatschte begeistert in die Hände und versuchte es ebenfalls und jedes Mal, wenn sie traf, perlte ihr Lachen wie eine helle Tonleiter durch den Raum.

Antonio schaute ihr zu. Als sie alle Korken weggeworfen hatte, kam er aus seiner Ecke gestürzt, sammelte die Wurfgeschosse wieder ein und brachte sie ihr zurück, damit sie weiterspielen konnte. Für ihn schien das kleine Mädchen keine Schwierigkeit zu bedeuten, im Gegenteil, Pedro hatte den kleinen Burschen, der es gewohnt war, stets den Clown zu markieren, selten so sanft und zart gesehen wie im Spiel mit Juanita.

Gegen fünf Uhr trudelten die übrigen Bandenmitglieder nacheinander ein. Zuerst erschien Fernando mit Angelzeug und schläfrigem Blick. Er brachte drei Fische mit. Er hatte eine Schnur durch ihre Kiemen gezogen, an der sie nun schlaff über seiner Schulter hingen wie riesige Dörrbohnen. Ihre aufgeschlitzten Bäuche schimmerten rosa. Aus dem Brunnen im Hinterhof holte er eine Plastikschüssel voll Wasser und ließ die drei Fischleiber, noch immer aneinander gefesselt mit der Schnur, elegant hineingleiten.

»Sieht gut aus«, sagte Ramon mit anerkennendem Kopfnicken.

Nach einer Weile kamen Felipe und Diego. Felipe war ein leichtfüßiger, nervöser Typ. Keine Minute konnte er sich ruhig verhalten, etwas an ihm zappelte immer. Diego, Ramons jüngerer Bruder, war eher ruhig und besonnen; allerdings, wenn man ihn reizte, konnte er manchmal ganz unvermittelt explodieren, dass einem angst und bange wurde.

Die beiden waren in eine Diskussion verwickelt, als sie hereinkamen.

»Der Lange hat angefangen, ich hab's genau gesehen – schließlich stand ich näher. Du bist ja erst später dazugekommen, da ging er bereits zu Boden.« Felipe boxte durch die Luft und ließ seinen Atem durch die Zähne pfeifen, dass es klang wie ein Ballon, dem die Luft ausgeht. »Du warst auch gar nicht so nahe dran wie ich.«

»Na meinetwegen, wenn es dir gut tut, dann hat

eben der Lange angefangen. Ist mir doch egal. Ich kümmere mich ohnehin nicht um Schlägereien von Matrosen.«

»Meinst du etwa, ich kümmere mich darum? – Ich mag es bloß nicht, dass du behauptest, der Kleine sei ein Dreckskerl. Der war überhaupt nicht Schuld, er hat nur zurückgeschlagen, aber angefangen hat der andere. Wenn schon, dann finde ich, muss man auch gerecht sein und nicht einfach etwas behaupten, wenn man nicht von Anfang an dabei war.« Er hüpfte mit geschlossenen Füßen über jede einzelne der vier Treppenstufen hinunter wie ein Känguru.

Diego blieb oben bei der Tür stehen und versuchte angestrengt etwas zu erkennen in dem finsteren Raum. Er begrüßte seinen Bruder von weitem mit einer lässigen Handbewegung, nickte Antonio zu, der sich auf seinem Laubsack aalte, und stieg dann langsam die Stufen hinunter, um Fernandos Fische im Plastikbecken zu begutachten.

»Sag nicht, dass du die im Hafen erwischt hast«, sagte er mit unverhohlener Bewunderung.

»Sicher nicht im Hafen«, antwortete Fernando verächtlich, »auf der anderen Seite natürlich, draußen, ganz im Flachen, vor dem Hotel Caribe; da sind sie wenigstens genießbar.« Und er fuhr fort, die offenen Bäuche seiner Fische mit den bloßen Händen im Wasser zu säubern.

»Du kannst schon mal Feuer anmachen, falls du Hunger hast«, sagte Diego unvermittelt zu Pedro, den er bis jetzt scheinbar gar nicht beachtet hatte.

Juanita hatte inzwischen ein neues Spiel mit den

Korken erfunden. Die beiden größten und dicksten standen nebeneinander auf der Kiste als Vater und Mutter, die ihre kleinen Korken jetzt zu Bett bringen wollten. Juanita legte die Korkenkinder nebeneinander auf die Kiste zu Füßen der Eltern und bedeckte sie halb mit dem Saum ihres kurzen Röckchens.

Pedro ließ Juanita weiterspielen, stand auf und stellte sich neben Diego. »Wo?«, fragte er und Diego wies mit dem Daumen über die Schulter zum Hof.

Die Sonne war unterdessen gewandert und langsam begannen die Schatten an der Innenmauer emporzuklettern.

Etwa in der Mitte der Stadtmauer war, fast wie ein kleiner Hausaltar, vermutlich schon vor sehr langer Zeit eine Feuerstelle aus zerbrochenen Backsteinen errichtet worden. Auf der Innenseite waren die Steine schwarz von Ruß und Rauch. Zu beiden Seiten der Feuerstelle war allerhand brennbares Material aufgeschichtet: getrockneter Seetang, angeschwemmtes Kleinholz, zerfetzte Pappkartons, zerkleinerte Weinkistchen und ein knorriger Prügel, lang und dick wie ein Männerbein.

Hinter Pedro tauchte Antonio auf. »Ich habe dir Ramons Feuer speienden Drachen gebracht«, sagte er und legte ein flaches, schwarzes Feuerzeug auf den Rand des Gitterrostes. »Ich zeige dir, wie man es macht. Der alte Herd hat nämlich seine Tücken. Man braucht allerhand Tricks, damit wir nicht nachher den ganzen Hof voll Rauch haben.«

Mit geübten Handgriffen bastelte Antonio ein Sandwich aus Pappe und Seetang, legte blasse, ausgelaugte

Holzstücke darauf, die so morsch waren, dass sie fast unter seinen Händen zerfielen, und forderte Pedro auf, die Pappe von der Seite anzuzünden. Ein bisschen weißer Qualm drang zwischen den Kartonschichten hervor, dann loderte plötzlich das Feuer aus dem Rost empor. Antonio half Pedro etwas schwerere Holzstücke nachzuschieben, und als das Feuer nach einer Weile ruhiger züngelte und fast in Glut überging, rief Antonio über die Schulter zum Keller hin, sie seien so weit.

Fernando brachte mit salzweißen Händen die Fische. »Moment«, sagte er wichtigtuerisch und blinzelte mit seinen schweren Augenlidern, »jetzt kommt noch das Don-Fernando-Feinschmecker-Extra.« Umständlich kramte er sein Taschenmesser hervor und machte sich an einer Ritze der Stadtmauer zu schaffen. Er brachte eine lauchartige Pflanze, schnitt die dünnen, röhrenförmigen Stängel in kleine Stücke und stopfte die Schnipsel in den rosafarbenen Bauch. »Du wirst dich wundern«, sagte er zu Pedro.

Wenn Antonio geahnt hätte, seit wie vielen Wochen Pedro keine warme Mahlzeit mehr gegessen hatte, dann wäre wohl das Wundern an ihm selbst gewesen.

Alle Welt bedauerte die armen Jungen in den Städten Südamerikas, die niemandem angehörten und für sich selbst sorgen mussten. Aber wie reich kamen sie Pedro vor! Ein Glücksgefühl durchströmte ihn. Das war es, was er am liebsten auf der Welt wollte: selbständig sein, niemandem gehorchen müssen und vor niemandem Angst haben – so ließ sich sogar Hunger ertragen. Er dachte voller Dankbarkeit und Wehmut

an Teresa: Ihr sinnloser Tod schien wenigstens ihm einen Vorteil gebracht zu haben. Endlich konnte er in Freiheit leben. Dass er noch lange vorsichtig sein musste, machte ihm gar nichts aus. Hier jedenfalls würde ihn Manu Diablo nicht finden. Hier war er sicher.

Der Unfall

Das Glück hat es so an sich, dass es selten lange dauert. Irgendwann läuft alles anders und hinterher sucht man dafür einen Grund oder einen Schuldigen. Vielleicht war es wirklich Felipes nervtötende Zappligkeit, vielleicht aber einfach Schicksal.

Das Unglück passierte am Montag. Die fünf Tage, seit Juanita und Pedro im »Palast« wohnten, waren herrlich unbeschwert verflogen. Pedro hatte Ramons Anordnung, das Haus nicht zu verlassen, strikt befolgt, denn er fürchtete viel zu sehr, jemand könnte ihn auf der Straße entdecken und bei Manu Diablo verraten. Der »General« war wohl faul, aber er war schlau; er hatte seine Spitzel, die ihm alle gewünschten Informationen zutrugen. Und auch wenn sein Standplatz selten überwacht wurde, machte sich Pedro doch keine Illusionen: Er war nicht in die Bretterbude zurückgekehrt; ganz bestimmt wurde er fieberhaft gesucht. Eigentlich, wenn er es so richtig bedachte, war sein Verschwinden unüberlegt und kopflos gewesen, denn jetzt musste Diablo erst recht glauben, er wüsste über die Hintergründe von Teresas Tod genauer Bescheid. Nun, das konnte er nicht rückgängig machen, es war einfach so gekommen. Hier war er und hier wollte er bleiben.

Die Nächte verbrachte er auf seiner Pritsche aus

zusammengefügten Weinkisten. Die Kameraden in seiner Bande, zu der er nun gehörte, hatten alles an Lappen, Lumpen und überzähligen Kleidungsstücken für ihn zusammengetragen, damit er und Juanita nicht auf dem bloßen harten Holz schlafen mussten. Juanita kuschelte sich an ihn, wie sie es gewohnt war, und ihr Rucksäckchen diente ihr als Kopfkissen.

Tagsüber saßen die beiden in einer Ecke draußen im Hof, wo man sie von der Straße aus nicht sehen konnte, und nähten bunte Lappen zu einem großen Sack zusammen.

Juanita hatte noch nie etwas genäht und anfangs stellte sie sich mit dem harten, dünnen Garn, das die Fischer zum Ausbessern ihrer Netze benutzten, nicht besonders geschickt an. Aber mit der Zeit fand sie das Einfädeln des Fischergarns in die grobe Nadel richtig spannend. Immer wieder leckte sie das Ende des Garns ab und drehte es zu einer feuchtklebrigen Spitze zusammen, bevor sie die Augen zu schmalen Schlitzen zusammenkniff und den Atem anhielt, um beim Zielen nicht zu zittern.

Antonio und Fernando brachten Füllmaterial, Laub, Stroh, Seegras. Schon am dritten Abend konnten sie auf ihrem eigenen Sack schlafen: ein herrliches Gefühl.

Abends saßen sie alle draußen um die Feuerstelle. Meist wurde es rasch dunkel, während sie ihr gemeinsames Nachtessen zubereiteten, und nachher berichteten die andern, was tagsüber so alles geschehen war.

An diesem Montagmorgen waren die »Caballeros« schon früh auf den Beinen. Ramon, sonst ruhig und bedächtig, machte Krach wegen Felipe, der die Nacht über häufig die Toilette hatte aufsuchen müssen und sie offenbar mit allzu viel ungeeignetem Papier verstopft hatte, nicht absichtlich natürlich, aber in diesem Punkt war Ramon heikel.

Im ersten Halbgeschoss über dem Weinkeller, in dem Belmont seine Büros hatte, befand sich diese Toilette und Belmont erlaubte der Bande, sie zu benützen – unter der Bedingung, dass sie sie immer sauber hielten. Ramon fühlte sich dafür verantwortlich und achtete mit fast krankhafter Pedanterie darauf, Belmont keinen Grund zur Beanstandung zu liefern. Ein Verbot hätte so ziemlich das Ende ihres Aufenthaltes im »Palast« bedeutet.

»Ich kann nichts dafür, dass ich einen nervösen Darm habe!« Felipe verteidigte sich aufgeregt und hüpfte von einem Bein auf das andere.

»Nervöser Darm, wie elegant ausgedrückt.« Fernando grinste. Er hatte ein Paar dunkelbraune Schuhe unter seinem Bettgestell hervorgezogen und polierte sie mit Spucke auf Hochglanz.

»Wäre ein Wunder, wenn's anders wäre«, brummte Ramon, als könnte Felipe vielleicht doch etwas dafür. »Du könntest wenigstens etwas aufpassen, dass das alte Scheißhaus nicht noch unter deinem nervösen Darm zusammenbricht. Nächstens nimmst du noch Karton, um deinen Hintern zu wischen! Du bleibst heute Morgen hier und bringst das in Ordnung. Nur so kapiert dein nervöses Hirn, was du machen kannst und was nicht.« Energisch zog er sich die Hose hoch und wandte sich zu Diego: »Du kommst mit mir, wir haben Arbeit beim Fleischer. Er braucht ein paar Leute in der Wursterei. Wer zuerst da ist, bekommt den Job, und unsere Haushaltskasse hat dringend eine Aufbesserung nötig.«

Diego warf Felipe einen ratlosen Blick zu und zuckte bedauernd die Schultern. Offenbar hatten die beiden heute etwas Interessanteres vorgehabt, als sich mit menschlichen und tierischen Därmen herumzuschlagen.

Felipe machte denn auch noch einen kurzen Versuch, sich zu drücken: Pedro könne schließlich auch etwas tun, wenn er schon zu Hause herumsitzen müsse und sich draußen nicht zeigen könne. Aber Ramon hörte gar nicht mehr hin, für ihn war die Sache erledigt.

Inzwischen waren Antonio und Fernando geschniegelt, dass man die beiden kaum wieder erkannte. Sie trugen lange Hosen und blanke Schuhe, Fernando ein farbiges Hemd, Antonio ein blassgelbes T-Shirt mit kurzen Ärmeln, das wie neu und sehr elegant aussah. Zum Schluss kämmten sie sich die wirren Haare mit Wasser und zogen einen Scheitel. Sie sahen aus wie zwei brave Schuljungen, die kein Wässerchen trüben konnten.

»Wir machen heute die Flugplatz-Masche«, erklärte Antonio, als er Pedros erstaunten Blick auffing.

»Das ist eine Arbeit wie Sonntag.« Fernando rollte seine Kulleraugen unter den schweren Lidern. »Allerdings dürfen wir uns dort nicht zu häufig blicken lassen. Wenn die Sicherheitsbeamten einen erst einmal kennen und in Verdacht haben, dann ist es aus mit der Herrlichkeit. Und wichtig ist, dass man gut angezogen ist. Wer da in Lumpen erscheint, hat keine Chance; da fällst du sofort auf mitten unter all den feinen Pinkeln, die so in der Welt herumfliegen.«

»Habt ihr denn keine Angst, die zu bestehlen? Die sind doch sicher nicht auf den Kopf gefallen?« Pedro bestaunte die beiden hübschen Jungen, die sich von den »feinen Pinkeln« in nichts unterschieden.

»Na, wir sind eben besser und schneller. Und weißt du, da ist ein solches Gewühl und Gedränge und alle haben es eilig und rempeln sich gegenseitig so oft an, dass niemand an Tricks denkt. Außerdem beklaue ich lieber Reiche als Arme, die merken den Verlust kaum.«

»Aha.« Pedro grinste listig. »Ich dachte, Taschendiebe haben kein Gewissen.«

»Nenn mich nicht noch einmal Taschendieb«, brauste Fernando beleidigt auf. »Wir sind Trickspezialisten. Wer seine Sachen nicht zusammenhält, ist selbst Schuld, wenn sie ihm abhanden kommen – und schließlich: Klauen wir 's nicht, klaut 's ein anderer. So sind hier die Spielregeln.«

»Na denn, soll ich euch Glück wünschen und Petri Heil zu einem guten Fischzug?« Pedro reckte seine Arme und dehnte die Schultermuskulatur, als sei er eben erst erwacht.

»Bloß nicht, das bringt Unglück«, wehrte Fernando ab, »du musst uns über die Schulter spucken, das bringt Glück.«

»Hm, wie käm ich denn dazu«, sagte Pedro keck, »wenn ich danebentreffe, ruiniere ich eure schicken Anzüge. Da habt ihr dann euer Glück. Geht jetzt und passt schön auf, dass ihr nicht erwischt werdet.«

»Pass selber auf!« Fernando versetzte Antonio einen Stoß zwischen die Schulterblätter. »Los, gehen wir!«

Als Pedro mit Juanita und Felipe allein war, bot er Felipe an, ihm beim Reinigen der Toilette zu helfen. Der arme zapplige Kerl tat ihm Leid und außerdem hätte er sich gerne etwas beliebt gemacht bei ihm. Felipe war nicht unfreundlich, aber misstrauisch und ständig auf Verteidigung bedacht, auch wenn ihn kein Mensch angriff. Er wies Pedros Angebot murrend ab, das mache er schon allein, Ramon werde schon sehen, dass er nicht zu denen gehöre, die die eigenen Fehler immer allen anderen in die Schuhe schieben wollten.

Angeekelt griff er sich einen Plastikeimer mit metallenem Griff und eine kleine Holzstange und verschwand tänzelnd in Richtung Hof.

»Felipe ist blöd«, sagte Juanita, kaum dass er aus ihrem Gesichtsfeld verschwunden war, und schnitt eine Grimasse.

»Er ist nicht blöd. Aber wahrscheinlich lachen ihn die andern oft aus wegen seiner Zappelei.«

Juanita blieb dickköpfig dabei. »Dann soll er eben aufhören, so blöd zu tun, dann lachen ihn die andern nicht aus.«

»Er tut nicht blöd«, sagte Pedro aufgebracht. Er mochte es nicht, wenn Juanita über andere so hart urteilte. »Dieses Zappeln und Zucken, das macht er nicht mit Absicht. Es passiert ihm einfach. Wie würde es dir gefallen, wenn ich zu dir sagen würde: Tu nicht so blöd mit deinen Beinen und geh endlich selber, dann muss dich nicht immer jemand herumschleppen?«

Heftig wandte sich Juanita zu Pedro um und riss

wütend die Arme hoch, als wolle sie mit beiden Fäusten auf ihn einschlagen.

»Wie bist du gemein ... gemein!«, schrie sie. Sie ließ die Arme sinken und in ihren Augen sammelten sich Tränen. »Ich kann doch nichts dafür, dass ich nicht gehen kann, das weißt du genau.«

»Siehst du! Und Felipe kann genauso wenig dafür, dass er so zapplig ist.« Pedro versuchte ruhig zu sprechen, obwohl er innerlich zitterte.

»Glaubst du wirklich?« Juanita war plötzlich ganz still geworden und schien nachzudenken. Vielleicht gab es das wirklich, dass man seine Hand still halten wollte und sie gehorchte einfach nicht. Konzentriert sah sie auf ihre Hand und hielt sie ganz still. Ihre Hand gehorchte ihr. Dafür gehorchten ihre Beine nicht, wenn sie ihnen zu stehen befahl. Felipe gehorchten die Beine und er konnte stehen, aber dafür konnte er sie keine Minute still halten. »Glaubst du wirklich?«, fragte sie nochmals und Pedro nickte.

Es dauerte lange, bis Felipe wiederkam. Pedro hatte sich eben Juanita auf die Hüfte gehoben und wollte sie an die Sonne in den Hof tragen, als Felipe oben an der Treppe auftauchte, in der einen Hand den Kessel, in der anderen den Stock. Und seltsam: Pedro sah ihn zum ersten Mal ganz still stehen. Er stand da, eine schwarze Silhouette im hellen Türviereck, ächzte plötzlich: »Oh, Mann, ist mir schlecht«, und begann dann über die Treppe herabzutorkeln, als wäre er betrunken. Seine Beine schienen ihm nicht mehr zu gehorchen. Pedro konnte später nicht mehr sagen, ob das Unglück geschah, weil er über die Treppenstufen strauchelte, oder ob er vor Übelkeit zusammengebrochen war: Felipe stürzte vornüber auf die Knie, drehte sich dann im Fallen und schlug schließlich mit dem Hinterkopf auf der untersten Treppenstufe auf.

»Mensch – Felipe – mach keinen Unsinn!« Pedro ließ Juanita rasch und hart zu Boden gleiten und stürzte hin, um Felipe aufzufangen, aber es war bereits zu spät. Felipe lag seltsam verrenkt unten an der Treppe und rührte sich nicht.

»Ist er tot?«, flüsterte Juanita ängstlich. Pedro legte sein Ohr auf Felipes Brust. »Nein«, flüsterte er zurück, »das Herz schlägt. – Felipe«, sagte er laut, immer wieder, bis er es schließlich brüllte: »Felipe!«

Felipe hörte nichts und bewegte sich nicht. Sein Gesicht, das sonst immer nervös zuckte und verkrampft aussah, war ganz seltsam flach und entspannt.

»Er ist bewusstlos«, sagte Pedro mehr zu sich selbst als zu Juanita. »Ich muss Hilfe holen.«

In der Falle

Ohne weiter nachzudenken stürzte Pedro durch den Hinterhof auf den Ausgang zu. Juanitas angstvolles Weinen rief ihn zurück.

»Geh nicht auf die Straße!«

Pedro kehrte um. »Aber was soll ich denn tun? Ich muss doch irgendwo Hilfe suchen«, sagte er aufgeregt und wies auf den immer noch bewusstlosen Felipe.

»Dann nimm mich mit!«, befahl Juanita. »Ich will nicht bei ihm bleiben, ich habe Angst.«

»Aber ich kann dich nicht auch noch mitschleppen – ich muss mich beeilen und Felipe darf nicht allein bleiben«, sagte Pedro verzweifelt. Doch er wusste, dass seine Einwände nichts nützten: Wenn Juanita Angst hatte, konnte man ihr mit vernünftigen Gründen nicht kommen. Seufzend packte er sich Juanita auf. Ohne nochmals nach Felipe zu sehen verließ er rasch den Hof.

Die Straße war um diese Zeit von Leuten bevölkert, die es alle eilig hatten. Sie gingen zur Arbeit oder einkaufen, schoben schmale Zweiradkarren zum Markt oder zum Hafen und blieben nur selten stehen, um miteinander zu reden oder eine Auslage anzusehen.

Ohne recht zu wissen, wohin er gehen sollte, fiel Pedro in leichten Trab. Egal wohin; unterwegs würde ihm dann schon etwas einfallen. Unbewusst schlug er die Richtung zur Clínica Santa Maria de Corazón ein, weil er kein anderes Krankenhaus kannte und nicht wusste, wo er sonst jemand finden sollte, der ihm helfen würde. Aber bis dahin hatte er mindestens zwanzig Minuten zu gehen, auch wenn er sich beeilte.

Er lief den Hafenkai entlang bis zum großen Stadttor, an der Außenseite des Stadttors vorbei. Dadurch kürzte er den Weg durch schmale Gässchen und enge Hinterhöfe ab. Er ließ die Altstadt links liegen und schlug die Richtung hügelaufwärts ein. Wenn er erst einmal den Supermercado »Las Salinas« erreichte, ein Warenhaus in der Nähe der neuen Polizeikaserne, war es nicht mehr weit bis zur Klinik.

Den Supermercado erreichte er gerade noch. Dann sah er sie: Vor ihm auf dem Gehsteig standen sie, breitbeinig und mit dämlichem Grinsen, und als sich Pedro blitzschnell umdrehte, waren auch zwei hinter ihm. Er kannte nicht alle Spitzel des »Generals«, aber er wusste Bescheid.

Sie hatten ihn entdeckt. Hier war Endstation.

Einer von ihnen, ein rothaariger Hüne, hatte ein Messer gezückt und ließ keinen Zweifel daran aufkommen, dass er es benützen würde, wenn es nötig war. Die nackten Fettwülste seines tonnenförmigen Leibes quollen zwischen dem rotweiß gestreiften Pullover und dem weit unter dem Äquator des Bauches durchhängenden Gürtel seiner speckigen Hose hervor und verstärkten noch den Eindruck einer bedrohlichen Masse, an der kein Weg vorbeiführte.

Mit einem verzweifelten Sprung zur Seite rettete sich Pedro ins Innere des Warenhauses, flitzte zwischen den Regalen hindurch und versteckte sich hinter einem Berg von Erbsenbüchsen, aber vergebens: Die Angestellten, die mit dem Auffüllen der Regale beschäftigt waren, sahen ihm so verblüfft nach, dass man ihren Blicken entlang seiner Spur mühelos folgen konnte.

Pedro keuchte. Er hörte sie kommen. Der Laden hatte keinen Hinterausgang, Pedro saß in er Falle.

Als sie hinter dem Büchsenberg auftauchten, alle vier, ließ Pedro Juanita los und streckte die Hände in die Luft zum Zeichen, dass er sich ergeben wollte.

Der Rothaarige bleckte hämisch grinsend sein schadhaftes Gebiss und steckte den Dolch in eine Lederscheide, die an seinem Gürtel hing. Die andern drehten sich um und schauten wie zufällig im Laden herum. Die Angestellten wandten sich eilig wieder ihrer Arbeit zu, als sei nichts gewesen. Der Hüne winkte mit einer knappen Handbewegung und Pedro erhob sich langsam aus seiner kauernden Stellung. Er spürte, wie Juanita sich an ihn klammerte. Es waren nicht nur ihre Arme, die ihm den Hals zuschnürten.

Ohne dass auch nur ein Wort gesprochen wurde, setzte sich der seltsame Zug in Bewegung, zum Ausgang des Supermercado. Pedro folgte dem Rothaarigen, die andern drei kamen hinterher und so gingen sie weiter durch Straßen und Gässchen, in lockerer Reihe hintereinander, als hätten sie gar nichts miteinander zu tun.

Pedro wagte nicht daran zu denken, was ihn nun erwartete. Und es war gut so, dass er es nicht wusste.

Der schlimmste Tag

Im Büro der Baracke erwarteten ihn der »General« und Manu Diablo. Ihre Gesichter verhießen nichts Gutes und sie kamen ohne Umschweife zum Thema.

»Setz das Gör auf den Tisch«, herrschte ihn der »General« an und Pedro schob Juanita über die Tischkante. »Stell dich dahin!«, blaffte der »General« und wies ihn in die Zimmerecke.

»Wo habt ihr euch versteckt in den letzten Tagen?«, begann Manu das Verhör mit gefährlich sanfter Stimme.

Pedro schwieg und überlegte fieberhaft.

»Wo?« Manu Diablo wurde lauter und fasste nach seinem Stock, den er unter den linken Arm geklemmt hatte.

Pedro begann rasch zu stottern. »Draußen – in der Nähe der Poppa – im Wald.« Die Poppa war ein altes Kloster, vier oder fünf Kilometer landeinwärts auf einem der sanften grünen Gipfel in der nächsten Hügelkette. Seine weißen Mauern leuchteten weithin aus dem Dunkel des tropischen Regenwaldes.

Manu Diablo sah den Rothaarigen fragend an, der zuckte unsicher die Schulter. »Wir haben ihn in der Nähe der Polizeikaserne aufgegriffen. Er kann von überall her gekommen sein.«

»Warum zum Teufel bist du überhaupt in die Stadt

gekommen?« Manu Diablos stechende Augen lauerten auf Pedros Antwort.

»Ich – wir ... Wir hatten Hunger. Wir fanden nichts zu essen da draußen.« Die Worte kamen stockend.

Der Rothaarige begann hämisch zu kichern, aber ein einziger Blick von Manu Diablo ließ ihn verstummen.

»Wo habt ihr Teresas persönliches Eigentum versteckt?«, fragte er scharf und fasste Juanita unter den Armen. Er zog sie in die Mitte des Tisches, so dass die krummen Beine wie gebogene Würste auf der flachen Tischplatte lagen.

Pedro fühlte, wie ihm etwas heiß im Hals aufstieg. »Persönliches – was?«, fragte er verwirrt.

»Persönliches Eigentum. Das, was ihr gehörte.«

»Ich weiß nicht. Das hat sie immer alles in der Handtasche mitgenommen.«

»Die Handtasche haben wir. Wir suchen etwas anderes. Unterlagen, irgendwelches Beweismaterial, Fotos, Schriftstücke.«

»Ich weiß nichts.« Das war nicht einmal gelogen.

»Dann überleg es dir noch mal«, sagte Manu Diablo, und als Pedro schwieg, fasste er plötzlich seinen Stock, schwang ihn hoch in die Luft und ließ ihn mit aller Kraft auf Juanitas linkes Bein sausen. Man hörte ein trockenes Splittern, wie wenn Holz auseinander bricht, und Juanita stieß einen gellenden Schrei aus.

Pedro stürzte sich auf Manu Diablo. Noch ehe er ihn erreichte, hielten ihn zwei kräftige Fäuste fest und drehten ihm die Arme auf den Rücken, dass er vor Schmerz aufstöhnte. Juanita wimmerte vor sich hin und hielt schützend die kleinen Hände über ihr Bein.

»Ich frage dich noch einmal. Und deine Schwester hat noch ein Bein. Überleg dir also gut, was dir die Sache wert ist. Wo ist der Kram, der Teresa gehörte?«

Pedro schluchzte verzweifelt auf. »Sie hatte doch gar nichts, wirklich nicht. In ihrer Handtasche hatte sie ein Foto von ihrem Bruder und einen Brief von ihrem Onkel. Und ihre Versicherungskarte. Und ein Taschentuch, ein weißes mit Spitzen drum herum. Und einen Lippenstift. Und manchmal nahm sie noch den Kamm mit, aber meistens ließ sie den zu Hause bei der Seife. Sie hatte noch einen Unterrock und eine Büchse mit Plastikblumen. Und vier Wäscheklammern. Das ist alles. Ich habe nichts genommen. Ehrenwort!«

»Du mieser Lügner!«, schrie Manu Diablo. Er verlor völlig die Beherrschung. »Warum erzählt sie dann dieser amerikanischen Hexe, sie habe für alles Beweise?! Ihr steckt doch unter einer Decke, dieses Drecksstück und du! Ich werde dir gleich zeigen...« Er erhob den Arm mit dem Stock zum zweiten Mal, aber Pedro riss sich mit übermenschlicher Gewalt los und legte sich mit seinem Oberkörper quer über Juanitas Beine. »Es ist wahr, es ist wahr – sie hatte nichts! Ich hätte es bestimmt gewusst!«

Der »General« und Manu Diablo tauschten Blicke. Der »General« nickte. »Schon möglich, was er sagt. Sie wäre wohl auch kaum so dumm gewesen, irgendwelche Beweise ausgerechnet in ihrem Zimmer zu verstecken. Ich glaube sowieso, dass es entweder geblufft war oder dass die Amerikanerin sich die Aussage über vorhandene Beweise aus den Fingern gesogen hat.«

Manu Diablo klemmte seinen Schlagstock wieder unter den Arm und sah wütend von einem zum anderen. »Verdammte Schweinerei«, knurrte er und funkelte den »General« zornig an. »Du weißt, wie ich zu der Sache stehe. Wenn's Stunk gibt, kannst du nicht auf mich zählen, das hab ich dir von Anfang an klipp und klar gesagt. Ich lass dich fallen wie eine heiße Kartoffel, wenn was durchsickert. Dann bist du dran, vergiss es nicht. Die haben ein Messer mit deinen Fingerabdrücken drauf, nicht mit meinen!« Er verließ das Büro mit raschen Schritten. Unter der Tür drehte er sich nochmals um und sah Pedro mit kalten Augen an. »Und du stehst ab morgen wieder an deinem Platz, verstanden? Und keine Mätzchen mehr, sonst bist du endgültig dran. Von einem Rotzbengel wie dir lass ich mir nicht auf der Nase herumtanzen. Sieh dich vor!«

Der »General« winkte seine Spitzel aus dem Zimmer und folgte ihnen. Im Hinausgehen drehte auch er sich noch einmal um und sagte ungerührt: »Das wird dir eine Lehre sein!« Dann schlug er die Tür hinter sich zu.

Pedro verbarg sein Gesicht in Juanitas Schoß und weinte. Er wagte nicht, den Kopf zu heben und sie anzusehen. Zum ersten Mal in seinem Leben dachte er, wie schön es wäre, jetzt tot zu sein.

Wäre er doch nie ausgerissen! Er war selbst Schuld, dass man ihn verdächtigte, mehr zu wissen über die Hintergründe von Teresas Tod. Er war Schuld, dass Juanita leiden musste. Sanft begann er über ihren Unterschenkel zu streicheln, aber er spürte, wie sie bei der Berührung zusammenzuckte. Langsam drehte er den Kopf und besah sich das Bein. Es bestand kein Zweifel, dass es von neuem gebrochen war. Das Schienbein wies eine Handbreit unter dem Knie eine deutlich sichtbare Stufe auf und war bläulich angelaufen.

Juanita war ganz still. Sie atmete nicht mehr so heftig. Von Zeit zu Zeit wurde ihr Körper von trockenen Schluchzern geschüttelt.

Als Pedro fühlte, wie sie ihm zärtlich über das Haar fuhr, richtete er sich auf. »Das Bein ist wieder ganz kaputt«, sagte sie leise.

»Ich weiß«, antwortete Pedro und schaute auf den Bluterguss, der sich bläulich durchschimmernd unter der Haut langsam ausbreitete und den Unterschenkel anschwellen ließ.

Pedro wusste nicht, was er sagen sollte. »Tut es sehr weh?«, fragte er schließlich unbeholfen.

Juanita nickte. »Wenn ich es bewege oder berühre, ist es besonders schlimm.« Sie biss sich auf die Unterlippe und versuchte das Bein mit beiden Händen anzuheben, aber es gelang ihr nicht.

»Irgendwie muss ich dich ins Zimmer bringen. Warte.« Pedro öffnete die Tür einen Spalt und guckte vorsichtig in den Flur. Er war leer. Pedro schlich sich zu ihrem Zimmer und öffnete den Schlag. Unter der offenen Tür blieb er wie angewurzelt stehen. Du lieber Himmel, wie sah es hier aus!

Der kleine Hocker war umgeworfen, Seife, Kamm und der ganze Inhalt von Teresas Handtasche lagen verstreut auf dem Boden, dazwischen die künstlichen Blumen, ganz zusammengeknautscht, und die Büchse, die ihnen als Vase gedient hatte, war zertrampelt. Am schlimmsten aber war die Matratze zugerichtet. Jemand hatte sie kreuz und quer aufgeschlitzt und das Innere nach außen gekehrt.

Pedro stand da und konnte keinen klaren Gedanken fassen. Das Einzige, was er mehr fühlte als dachte, war, dass es hier im Zimmer ungefähr so aussah wie in seinem Innern. Alles passte zusammen. Wenn es eine Hölle gab: Das hier war die Hölle auf Erden. Mutlos begann er die Matratzenfüllung zusammenzutragen und breitete dann den grob gestreiften Drillich darüber. Er hob den Hocker auf, stellte die unförmige Dose drauf und sammelte die Blumen ein. Seltsam sah der Strauß jetzt aus; wie ein Bild von einem modernen Maler.

Pedro atmete tief durch und spürte, wie er allmählich ruhiger wurde. Zuletzt suchte er die Dinge zusammen, die Manu Diablo als Teresas »Eigentum« bezeichnet hatte: den Brief des Onkels, das Foto des Bruders, die Versicherungskarte, das weiße Taschentuch, den Lippenstift. Und die kleine schwarze Tasche, die Teresa stets bei sich hatte.

Nach einem letzten prüfenden Blick ging er zurück, um Juanita zu holen. »Du musst jetzt ganz fest die Zähne zusammenbeißen.«

Juanita nickte.

»Und bitte, erschrick nicht, das Zimmer sieht furchtbar aus. Die haben gewütet dort drin, als wären sie übergeschnappt.«

Juanita lächelte traurig. Gehorsam biss sie die Zähne zusammen, schob sich zur Tischkante und legte

Pedro die Arme um den Hals. Er spürte, wie sich ihre kleinen Hände zu Fäusten ballten, als er sie anhob, aber sie gab keinen Laut von sich.

Vorsichtig ließ Pedro seine Schwester auf den formlosen Haufen gleiten, der einmal ihre gemeinsame Matratze gewesen war. Er setzte sich neben sie und sah stumm zu, wie ihr Tränen aus den geschlossenen Augen quollen. Behutsam strich er mit dem Zeigefinger über ihre Stirn, immer wieder, bis er spürte, dass sie eingeschlafen war.

Regentag

Der nächste Tag begann regnerisch trüb. In der Nacht hatte es wie aus Kübeln geschüttet. Es war kühl geworden. Beim Morgengrauen flossen noch immer bräunliche Bäche durch die Straßenrinnen. Die Gullys konnten all das Wasser kaum mehr schlucken. Das unterirdische Röhrensystem schien japsend nach Luft schnappen zu müssen. In den tiefer gelegenen Stadtgebieten quoll zäher, stinkender Schlamm aus der Kanalisation heraus statt hinein.

Immer wieder rutschte Pedro auf dem glitschigen Asphalt aus. Juanita war schwach und glühte vor Fieber. Während sie sonst frühmorgens immer munter auf seinen Hüftknochen saß und seinen Hals umschlang, hing sie ihm jetzt tonnenschwer und schlaff in den Armen. Sie hatte die Augen geschlossen und wimmerte. Die untere Hälfte des linken Beins, das ihr Manu Diablo aufs Neue zerschlagen hatte, war dick aufgeschwollen, der Fuß war bis über den Knöchel blau angelaufen, an einigen Stellen fast violett, und jedes Mal, wenn Pedro sie von einer Seite zur anderen wechselte und dabei auch nur ganz sachte ihren kranken Fuß berührte, stöhnte sie auf.

Die Luft war feucht und schwer von grauem Nebel, wie es hier an der Küste sonst nur ganz selten vorkam. Pedros dünne Kleiderfetzen klebten ihm am Körper.

Das Ende der Avenida war dort, wo er seinen angestammten Bettelplatz hatte, im Schleier der nassen Nebel nur noch undeutlich zu erkennen. Pedro schien es, als müsse er die Luft abbeißen und hinunterschlucken; seine Lungen waren längst voll und dennoch glaubte er ersticken zu müssen, weil er das Gefühl hatte, überhaupt nicht mehr ausatmen zu können.

Ein Asthmaanfall erschütterte seinen mageren Körper. Er musste Juanita auf den Boden legen und nach Luft ringen. Als er sich richtig ausgehustet hatte, ging es ihm wieder etwas besser. Zwar pfiff es jetzt bei jedem Atemzug in der Brust, als sauge er die Luft durch einen dünnen Strohhalm, aber immerhin konnte er wieder atmen. Tränen der Anstrengung und Verzweiflung rannen ihm übers Gesicht. Wenn er nur nicht krank wurde. Was sollte dann aus Juanita werden – wer außer ihm würde sich sonst um sie kümmern?

Er hob sie, ein wimmerndes Bündel, wieder vom Boden auf und schleppte sie in die Nische neben der Haustür von Nummer 177. Es war ein Lagerschuppen. Schräg gegenüber war der Haupteingang zum Einkaufszentrum für Taucher und Sportfischer. Hier war er manchmal tagelang ungestört, weil der Schuppen meist von der Rückseite her betreten wurde, wo auch die Lastwagen Zufahrt hatten. Die Tür an der Vorderfront wurde nur ganz selten benützt.

Es war kein besonders guter Bettelplatz, weil selten Touristen bis zum Ende der Straße kamen. Hier gab es keine Schaufenster und keine attraktiven Kaufhäuser mehr. Nur der Taucherladen wurde ab und zu von Fremden besucht, aber das waren meistens Männer mittleren Alters und die beachteten ihn und seine Schwester mit den verkrüppelten Beinen nur selten. Am liebsten waren ihm Frauen; die hatten eher Mitleid mit dem kleinen Mädchen und gaben ihnen etwas, viele bekreuzigten sich dazu. Auch ganz junge oder ganz alte Männer ließen sich ansprechen, aber die jungen hatten selbst nichts übrig und die alten wussten Bescheid, warum Juanitas Beine verkrüppelt waren, und schimpften laut auf Gott und die Welt, ließen aber manchmal doch ein paar Münzen fallen. Die Männer mittleren Alters waren die unergiebigsten; sie sahen entweder gar nicht hin oder durch Pedro hindurch, als ob er Luft wäre.

Ursprünglich hatte Pedro nicht am Ende der Straße gestanden. Als er angefangen hatte zu betteln, war er selbst noch klein und hilflos gewesen und jeder andere Bettler benützte ihn für eigene Zwecke, indem er ihn und Juanita als seine armen Kinder ausgab. Besonders der blinde José hatte den Dreh richtig raus, mit Hilfe seiner »povresitos«, seiner armen Kleinen, den Passanten das Geld in der Tasche lockerzumachen. Dabei war er überhaupt nicht blind. Aber er verstand es, wann immer jemand vorbeiging, mit himmelwärts gewandtem Gesicht die Augen so nach oben zu verdrehen, dass das Weiße unter den dürren, halb geschlossenen Lidern hervorblitzte.

Auf diese Weise machte er kein schlechtes Geschäft, aber Pedro ging dabei leer aus. Und Manu Diablo tobte, wenn Pedro abends kein Geld abliefern konnte.

Er schlug ihn und drohte, seiner kleinen Schwester auch noch die Arme zu brechen, wenn er es nicht schaffe, mit den zerschlagenen Beinen genügend Mitleid bei den Touristen zu erwecken. Die Angst um Juanita machte Pedro rasch schlauer, aber als er sich gegen José und die anderen Bettler für seinen Anteil am erbettelten Geld zu wehren begann, jagten sie ihn weg, er solle sich einen anderen Platz suchen. Der blinde José besaß ein Schnappmesser und wenn es darauf ankam, Pedro handgreiflich zu vertreiben, so waren seine Augen gut und sein Messer scharf.

Schließlich hatte der »General« den Streit beendet und Pedro die Nummer 177 als Standplatz zugewiesen.

An diesem nebligen, nasskühlen Tag gehörte Pedro die ganze Straße. Bei diesem Wetter waren fast keine Bettler gekommen, denn wenn keine Passanten auf der Straße waren, gab es auch nichts zu betteln. Die Touristen blieben lieber in den Hotels oder schlenderten durch die großen Einkaufszentren, wo es alles unter einem Dach zu kaufen gab. Auch die Einheimischen ließen sich kaum auf der Straße blicken, nur ein paar Hausfrauen, die dringende Besorgungen machen mussten.

Hier draußen sah Pedro überhaupt niemanden außer Pepe, den alten Mann mit dem Eiswagen, der auf der anderen Straßenseite seine Kessel reinigte und die Walze seines Glockenspiels zu flicken versuchte. Irgendetwas war doch immer faul mit dieser Mechanik, so dass es in flauen Zeiten mehr als genug zu reparieren gab. Meist stand Pedro daneben und schaute interessiert zu und bald wusste er, wie es funktionierte, dass Pepes Wagen Musik machen konnte, langsame Musik, wenn er langsam ging und sich die Räder auf dem Gehsteig nur langsam drehten, und schnelle Musik, wenn er sich beeilte. So war der Musik immer von weitem anzuhören, wie sich Pepe gerade fühlte, ob sein Wagen gemächlich oder in nervöser Eile durch die Straßen holperte. Außerdem hatte Pepe am Sonnendach über den Eisbehältern Windrädchen angebracht, die sich ebenfalls schneller oder langsamer drehten, so dass man glauben konnte, die Wagenräder, die Musik und die Windrädchen seien alle miteinander verbunden und voneinander abhängig. Für Pedro jedenfalls war Pepes Gefährt das erste Weltwunder gewesen, das ihm begegnet war, und lange Zeit hatte er geglaubt, der Wagen sei ein lebendiges Ding wie beispielsweise ein Hund, der am Straßenrand schlief, solange sein Herr neben ihm stehen blieb, und der erwachte, wenn man ihn anstieß. Das Ding hatte eine Stimme, die freudige oder traurige Töne machen konnte, wie ein Hund bellte oder jaulte, und am Dachrand hatte es bunte wirbelnde Hände, mit denen es einem freudig zuwinken konnte.

Behutsam legte Pedro Juanita im Hauseingang zurecht.

Er zog sein zerlöchertes T-Shirt über den Kopf und versuchte damit ihr geschwollenes Bein etwas hochzulagern. Juanita murmelte etwas und warf den Kopf hin und her. Sie schlief nicht, aber sie war auch nicht wach. »Ich geh nur rasch hinüber zu Pepe.« Pedro war nicht sicher, ob sie ihn hörte. »Hab keine Angst, ich bin gleich wieder da.«

Juanita antwortete nicht.

Pepe sah von der Walze auf, als Pedro neben ihm auftauchte.

»Morgen, Kleiner. Wunderbares Sauwetter heute, hä?« Er spuckte aus dem Mundwinkel an den Straßenrand, als könne er damit das Wetter beleidigen, das ihm das Geschäft so gründlich verdarb. »Ich hab mal wieder ein paar Töne verloren.«

Unter den öligen Putzfäden sah Pedro zwei oder drei kleine glänzende Kreisflächen auf der schwarzen Metallwalze, wo offensichtlich Stifte abgebrochen waren. Diese Stifte zupften beim Drehen an den Metallsaiten der Spieluhr, und wenn einer davon fehlte, so erklang der Ton dieser Saite natürlich nicht. Und wenn sogar ein paar Stifte fehlten, so schien die Melodie über sich selbst zu stolpern. Pepe konnte das flicken, aber dazu brauchte er Stahlstifte und Lötdraht und beides kostete Geld und wer hatte hier schon Geld für ein paar verlorene Töne!?

Pedro sah bekümmert hinunter auf die Walze in Pepes Händen. Sein Atem ging immer noch pfeifend und er dachte an Juanita auf der anderen Straßenseite und an die Schmerzen in ihrem Bein.

»Juanita geht's nicht gut.« Mutlos deutete er mit dem Daumen über die Schulter. Pepe sah ihm ins Gesicht und kniff die Augen zusammen.

»Was ist geschehn?«

»Manu Diablo hat ihr gestern Abend das linke Bein noch mal kaputtgeschlagen.«

Pepe sah zu Boden. Seine Finger schlossen sich wütend um die Walze, als wollte er sie auspressen. »Gott der Gerechte möge diesen Hund bestrafen«, zischte er und spuckte aus, diesmal in weitem Bogen bis auf die Straße, und seine leisen Verwünschungen klangen eher nach einem innigen Gebet als nach einem bitteren Fluch.

»Wenn ich nur nicht abgehauen wäre, wäre das nicht passiert.« Pedro schluckte. »Ich bin letzte Woche, als Teresa nicht mehr heimkam, mit Juanita getürmt, weil ich es mit der Angst zu tun bekam. Ein paar Tage konnten wir uns verstecken, aber gestern wurden wir wieder geschnappt. Wir hatten überhaupt keine Chance. Hätte ich es bloß gar nicht erst versucht. Ich war ein Idiot.«

»Idiotisch ist höchstens, dass du da nicht längst abgehauen bist, weit weg. Du endest noch mit einem Messer im Leib, genau wie Teresa.«

»Teresa...« Plötzlich traten Pedro die Tränen in die Augen.

»Teresa, Teresa! Sie war unvorsichtig. Sie hat einer amerikanischen Journalistin von Manu Diablo erzählt, über seine Bettlerorganisation und seine Methoden; zum Beispiel die Sache mit Juanita und den gebrochenen Beinen, das hat natürlich mächtig Wind aufgewirbelt.«

»Ich hab so was geahnt. Manu Diablo war derart wütend und immer wollte er wissen, wo ihre ... ihr persönliches Eigentum sei.« Pedro schaute zu Boden. »Ich hab doch geahnt, dass etwas dahinter steckte. Wahrscheinlich weiß es inzwischen ganz Cartagena.«

»Aber sicher, darauf kannst du Gift nehmen. Na ja, die Sache hat auch ihr Gutes. Vielleicht können jetzt die, die bisher so beflissen weggeschaut haben, nicht mehr so tun, als wüssten sie nichts. Vielleicht nützt es etwas, dass Teresa ausgepackt hat. Nur ihr selbst nützt es nichts mehr.«

»Was soll ich denn tun? Noch mal abhauen? Wohin? Juanita ist sehr krank. Ich weiß nicht, was ich mit ihr machen soll. Und wenn ich noch mal fliehe, denkt Manu Diablo, dass ich gelogen habe. Du kennst Manu Diablo nicht so gut wie ich. Dem entkommt keiner. Überall hat er seine Spitzel, der findet dich in der ganzen Stadt. Es ist so gut wie aussichtslos.«

»Mensch – wie alt bist du denn? Elf Jahre, zwölf? Du redest wie ein Greis. Du bist noch jung. In deinem Alter kannst du dich doch wirklich auf eigene Füße stellen. Such dir ein paar Abandonados, bei denen du fürs Erste unterschlüpfen kannst. Warte nur nicht zu lange.«

Pedro war drauf und dran, Pepe von seinen Erlebnissen bei den »Caballeros« zu erzählen. Aber er hatte gelernt, dass man das, was man nicht weiß, auch nicht weitererzählen kann, und so hielt er den Mund. Stattdessen überfiel ihn neue Mutlosigkeit und er sagte leise: »Ich glaube nicht, dass Juanita das alles aushält. Ich denke, dass sie vielleicht sterben muss.«

Pepes alte Hände mit den schmierigen Putzfäden hielten für einen Augenblick inne. »An einem gebrochenen Bein stirbt man nicht, Pedro«, antwortete er.

»Aber sie hat bestimmt Fieber und das Bein ist ganz blau und geschwollen. Vielleicht hat sie eine Blutvergiftung.« Pedro spürte ein Würgen im Hals.

»Sieht man an der Innenseite des Beins einen blauen Strich?«, fragte Pepe.

Pedro zuckte die Schultern. »Das ganze Bein ist ja schon fast blaurot, ich darf es kaum berühren, so weh tut es ihr. Wie soll ich da innen noch einen blauen Strich sehen können?«

»Ich schau mir die Sache an«, beschloss Pepe. Er wischte die schwarzen Hände an der dreckiggrauen Hose ab.

Pedro rannte erleichtert voraus über die Straße, in der heute fast keine Autos verkehrten, und kauerte sich neben Juanita in den Hauseingang. Scheu suchte sein Blick auf der Innenseite ihres Beins, soweit diese freilag, nach einem blauen Strich; zu berühren wagte er seine Schwester nicht, um ihr nicht wehzutun und sie nicht aufzuwecken.

Pepe blieb in drei Meter Entfernung stehen und schaute entsetzt auf die Kleine. »Blau?«, sagte er. »Das ist ja schon fast schwarz. Pedro – damit musst du zum Arzt, sonst stirbt sie wirklich. Sie ist ja totenblass und ganz nass vor Schweiß.«

»Sie schwitzt immer, wenn sie schläft«, sagte Pedro, aber es klang nicht überzeugend.

»Sie schläft überhaupt nicht«, sagte Pepe, »sie ist bewusstlos. Schau ihr ins Gesicht. Es sieht ganz anders aus als sonst, so welk und schlaff.«

Pedro mochte nicht hinsehen. »Ich weiß nicht, wohin ich sie bringen soll. Ich hab kein Geld und im Krankenhaus muss man erst einmal sagen, wie man heißt und woher man kommt, und wenn die diese Geschichte mit Manu Diablo herauskriegen – da kann ich mir auch gleich ein Messer in den Rücken stecken. Dann sind wir beide tot und vielleicht ist es so am besten.«

Pepe spuckte auf den Gehsteig. Er spuckte immer, wenn ihm etwas nicht gefiel, er aber nicht genau wusste, was er dazu sagen sollte. Die Zeit, die er brauchte, um sorgsam die Spucke im Mund zu sammeln und sie gezielt mit aller Verachtung irgendwo auf dem Boden zu platzieren, reichte ihm meistens, um einen Entschluss zu fassen.

»Erfinde etwas«, sagte Pepe, »erzähl denen irgendeine Geschichte. Deine Mutter musste für ein paar Tage zu einer kranken Tante und du warst allein zu Hause mit Juanita, und da ist dir eine Kiste Coca-Cola ausgerutscht und direkt auf ihr Bein gefallen, oder so ähnlich. Einen Namen und eine Adresse kannst du dir wohl noch einfallen lassen – du bist ja sonst auch nicht auf den Kopf gefallen, wenn du den Touristen deine traurigen Geschichten erzählst.«

Pedro hörte Pepe zu und war doch in Gedanken weit fort. Eine Mutter zu haben, auch wenn sie gerade nicht da war. Und Coca-Cola, nicht nur einen Schluck zum Probieren, nicht nur ein Glas, nicht eine ganze Flasche ... nein, eine ganze Kiste voll! Und wenn er so reich war und eine Mutter und kistenweise Coca-Cola hatte, dann würden die im Spital nicht nach seinem Namen oder nach Geld fragen.

Er fühlte neue Kraft und hob Juanita auf seine Hüfte. Sie reagierte nicht. Ihr Oberkörper fiel nach rückwärts wie bei einer schlecht gestopften Strohpuppe. Sie stöhnte nicht einmal mehr. »Ist sie tot?« Pedro sah sich erschrocken nach Pepe um. Der schüttelte nur den Kopf, aber ganz sicher schien er nicht zu sein.

Pedro setzte sich in Bewegung, erst langsam und steif, dann immer schneller. Zuletzt rannte er, so schnell ihn seine Beine mitsamt seiner schweren Last tragen konnten.

Das einzige Krankenhaus, das er kannte, war jenes hinter der Polizeikaserne, zu dem er gestern schon einmal wegen Felipe unterwegs gewesen war. Ob Felipe wohl noch lebte? Ob die anderen ihn noch rechtzeitig gefunden hatten? Vielleicht war alles nicht so schlimm gewesen. Wahrscheinlich zappelte er heute wieder herum. Pedro malte sich aus, wie es wäre, wenn Felipe plötzlich vor ihm auftauchen würde. Er würde ihm dann erzählen, was gestern passiert war, wie er losgerannt war, um Hilfe zu holen, und wie froh er sei, dass nun doch noch alles gut ausgegangen war. Immer lebhafter malte sich Pedro die Begegnung aus und verdrängte die Vorstellung, dass die Fortsetzung der Geschichte mit Felipe vermutlich in Wirklichkeit ganz anders aussah. Pedro spürte, dass er noch mehr dunkle Gedanken jetzt einfach nicht ertragen konnte.

Die Chance

Als Pedro das Krankenhaus erreichte, ein hellgrünes Gebäude mit metallenen Fensterfronten, bot sich ihm ein ungewohntes Bild. Schwestern und Pfleger in weißen Kitteln standen um einen Bus herum und nahmen Leute in Empfang, die nicht besser aussahen als Pedro. Sie waren ausgemergelt und schlecht gekleidet, mit pergamentgelber Haut und eingefallenen Wangen.

»Die armen Leute...« hörte Pedro flüstern und mehrmals die Wörter »Flüchtlinge« und »Nevado del Ruiz«. »Grauenhaft, wenn so ein Vulkan plötzlich direkt neben dem Haus explodiert. Die sind alle aus Armentero, all ihr Hab und Gut ist unter den Schlamm-Massen begraben, furchtbar, stellt euch nur vor, und der Bus brauchte volle zwei Tage, bis sie endlich hier anlangten.«

Pedro hörte nicht weiter hin. Blitzartig versuchte er die einmalige Gelegenheit zu begreifen, die ihm das Schicksal in diesem Augenblick bot. Er hielt Juanita fest in den Armen, schlich sich nahe an den Bus heran, ging um den Wagen herum und stellte sich hinten an die Schlange der Flüchtlinge, als wäre er auf der andern Seite ausgestiegen.

Sein Herz schlug bis zum Hals. Er sah sich verstohlen um, weil er fürchtete, jeder könnte es hören. Aber die Leute vor und neben ihm beachteten ihn gar nicht, sahen mit stumpfen Blicken geradeaus und machten ihm widerstandslos Platz, als er begann sich etwas mehr in die Mitte vorzuarbeiten. Die ersten Flüchtlinge gingen bereits begleitet von Pflegern durch den Haupteingang ins Krankenhaus. Pedro kam dieser Eingang vor wie die Himmelspforte. Wenn er dort hindurchgehen konnte, so schien es ihm, war er im Paradies.

»Wen haben wir denn da?« Eine dicke dunkelhäutige Krankenschwester fasste Pedro an der Schulter. Er zuckte zusammen. Aber sie schaute ihn freundlich an und streckte die Arme nach Juanita aus. »Lassen die Großen dich ein so schweres Kind allein tragen!« Sie schüttelte missbilligend den Kopf und schaute den Mann, der vor Pedro in der Reihe stand, vorwurfsvoll an. Der sah sich verwirrt um und hob die Schultern, als habe er nicht verstanden, wovon sie sprach.

»Um Gottes willen!« Die Schwester stieß einen Schrei aus. »Das Kind atmet ja fast nicht mehr!« Sie riss Pedro Juanita aus dem Arm und stürzte mit ihr zum Eingang. Pedro, plötzlich nur noch besessen von der Angst, seine Schwester zu verlieren, pflügte sich mit aller Kraft eine Gasse zwischen den Erwachsenenbeinen durch und versuchte der Schwester zu folgen. Verzweifelt puffte er sich mit den Ellbogen einen Weg durch die Menschenmenge, die wie ein Bienenschwarm an der Hauptpforte hing und den Eingang verstopfte.

Endlich war er durch. Ein paar Meter weiter sah er die Schwester mit Juanita auf den Armen im hell erleuchteten Korridor stehen. Ein großer, grauhaariger

Mann, der die Ärmel seines Arztkittels nachlässig aufgekrempelt hatte, stand neben ihr und hielt Juanitas blauschwarzes Fußgelenk zwischen Daumen und Zeigefinger; er schien zu lauschen. Dann schüttelte er den Kopf und machte ein bedenkliches Gesicht.

»Wir müssen sofort amputieren.« Er winkte zwei Pfleger herbei. Pedro drängte sich nach vorn und versuchte mitzuhören, was er zu ihnen sagte. Sein Herz klopfte nun noch viel stärker. Die Herzschläge dröhnten im Kopf, in den Ohren, überall fühlte er dieses Hämmern bis in die Arme und Beine; alles um ihn und in ihm war nur noch Angst.

»Wo sind die Eltern?«, fragte einer der Pfleger laut. Alle sahen Pedro an. Er schüttelte den Kopf und brachte keinen Ton heraus.

»Bist du der Bruder? Habt ihr keine Eltern?«

Pedro starrte den Mann wortlos an und schüttelte nur weiter den Kopf. Die Lügengeschichten, die Pepe so eindrucksvoll entworfen hatte, waren vergessen.

Er war jetzt ein Flüchtling. Einer, der aus seinem Land geflohen war, weil man ihn unmenschlich behandelte, das war ein Flüchtling. Musste ein Flüchtling aus einem anderen Land kommen? Oder konnte er auch in seinem eigenen Land auf der Flucht sein? Musste ein Flüchtling Eltern haben? Konnten Kinder allein fliehen?

»Lasst ihn!«, befahl der Arzt. »Ihr seht doch, dass er unter Schock steht.«

Pedro nickte heftig. Ein Schock, was das auch immer war, rettete ihn davor, sich mit einer falschen Auskunft zu verraten. Ein Schock, das war die Lösung.

Er brauchte nichts mehr zu sagen. Er sah den Arzt dankbar an.

Ein kleiner, hoher Wagen mit Gummirädern und weißen Laken wurde herangefahren. Die dunkelhäutige Schwester bettete Juanita mit raschen, geübten Handgriffen auf die Liege und rollte mit ihr davon auf eine doppelflügelige Glastür zu.

Der Arzt beugte sich zu Pedro herunter, so dass ihre beiden Gesichter in gleicher Höhe waren. Sein fragender Blick tat Pedro weh und wieder spürte er sein Herz im Hals. Es schien dort stecken zu bleiben und aufzuschwellen, so dass er wieder nur noch den Kopf schütteln konnte. Er wusste, dass für ihn nun etwas Schlimmes kommen würde, er las es auf dem freundlichen Gesicht des Arztes und in seinen Augen. »Nein«, sagte er, »nein, Juanita soll nicht sterben.«

»Wir wollen es hoffen«, sagte der Arzt und strich Pedro eine Haarsträhne aus der Stirn. »Aber ihren Fuß, siehst du, und den ganzen Unterschenkel bis zum Knie, können wir nicht mehr retten. Dieser Teil von Juanita ist schon gestorben. Und wenn wir ihn nicht schnell wegnehmen, dann muss das ganze Kind sterben. Und das möchtest du doch nicht und wir alle auch nicht.« Der Doktor richtete sich wieder auf und strich seinen weißen Mantel glatt.

»Wegnehmen«, flüsterte Pedro heiser, »heißt das abschneiden? Ganz – für immer?« Jetzt konnte er die Tränen nicht mehr zurückhalten. So viel Elend, so viel Kummer und schreckliche Momente hatte Pedro in seinem Leben schon überwunden, aber immer war noch eine Hoffnung in ihm gewesen, dass alles irgend-

wann einmal wieder gut werden könnte, dass mit Juanitas Beinen ein Wunder geschehen würde, dass er, Pedro, vielleicht später einmal reich genug war, um Juanita durch eine Operation wieder zu geraden Beinen zu verhelfen, irgendetwas, irgendeine Hoffnung. Aber wenn nun das Bein bis zum Knie abgeschnitten werden musste, dann konnte man es auch nie mehr gerade machen.

Pedros Körper wurde von Schluchzen geschüttelt.

Hoffnung

Wenn Pedro später an diese bangen Stunden zurückdachte, sah er immer den Fernsehapparat in dem Aufenthaltsraum vor sich, in den er zusammen mit den Flüchtlingen aus dem Bus geführt worden war. Der Apparat stand hinter der Tür in einer dunklen Ecke. Er lief ohne Ton und die Bildqualität war mehr als schlecht. Die Leute, die da irgendwo in den Straßen befragt wurden, hatten alle die gleichen orangeroten Gesichter mit einseitig grünen Rändern. Einige lächelten geziert in die Kamera, andere standen wichtigtuerisch oder steif herum und alle machten mit rollenden Augen vor dem Mikrofon den Mund tonlos auf und zu. Pedro starrte mit abwesendem Blick die gestikulierenden Hampelmänner an und merkte nicht einmal, dass der Ton fehlte. Pedro schaute dem Frage- und Antwortspiel so intensiv zu, als brauchten seine Augen einen Halt, den er sonst nirgends finden konnte.

Die meisten Flüchtlinge saßen an langen Tischen. Darauf standen Teekannen und Gläser, Körbe mit Brötchen und Schalen voller Früchte. Die Flüchtlinge schienen nicht hungrig zu sein; mit teilnahmslosen Gesichtern schauten sie vor sich hin und befolgten automatisch die Anweisungen des Personals. Sie wurden nacheinander zur ärztlichen Untersuchung gerufen oder zur Kleiderausgabe, und vor allem die Frauen kamen danach mit schönen, fast neuen Kleidern wieder und sahen gleich viel besser und gesünder aus. Aber nicht einmal das schien sie zu freuen und sie setzten sich wieder mit traurigen Gesichtern an den Tisch. Ein Mann mit einem kurzen weißen Kittel und eingeöltem Haar ging von Tisch zu Tisch, fragte die Leute nach ihrem Namen und Geburtsdatum und schrieb alles in einer winzig krakeligen Schrift in verschiedene Kolonnen auf ein großes weißes Blatt, das mit Metallklammern an einen Karton geheftet war. Immer wenn der Mann in seine Nähe kam, wechselte Pedro fast instinktiv seinen Platz.

Es schienen Jahre vergangen zu sein, als der Arzt in den Aufenthaltsraum trat und Pedro mit seinem Blick suchte. Pedro erhob sich wie im Traum, ohne sich von der Stelle zu rühren, und wartete, bis der Doktor ihn entdeckte. Er versuchte in seinem Gesicht zu lesen, ob er ihm gute oder schlechte Nachricht bringe; und gleichzeitig fiel ihm ein, dass er, Pedro, jetzt wohl Fragen beantworten musste. So viel Zeit war vergangen und er hatte sich überhaupt nichts zurechtgelegt, was er sagen könnte. Er wusste noch nicht einmal, aus welchem Land die Flüchtlinge um ihn herum kamen. Pedro geriet plötzlich in Panik und rannte los. Aber schon nach zwei Schritten lief er dem Mann mit den Tabellen in die Arme. Der hielt ihn mit ruhigem Griff fest, sagte: »Psst – verhalt dich bitte leise, wir sind hier in einem Krankenhaus. Du brauchst nicht wegzurennen, Doktor Mendoza tut dir nichts!«

Der Doktor kam heran, lächelte und hob Pedros Kinn

etwas an, so dass er ihm in die Augen sehen musste, und sagte: »Juanita lässt dich grüßen. Sie ist aus der Narkose erwacht. Es geht ihr schon viel besser.«

Pedro konnte es nicht glauben. »Sie lebt? Kann ich sie sehen? Und das Bein? Hat sie große Schmerzen? Wo ist sie?«

»Moment!« Doktor Mendoza lächelte. »Eine Frage nach der andern. Du kannst Juanita bald sehen. Die Operation ist gut verlaufen. Das Knie konnten wir glücklicherweise dran lassen, das erleichtert das Gehenlernen und wird ihr sehr große Bewegungsfreiheit geben. Schmerzen hat sie jetzt keine und in den nächsten Tagen wird sie genügend Schmerzmittel bekommen, damit sie noch nichts spürt, bis die Wunde etwas verheilt ist. Mit einer Prothese aus Holz oder Kunststoff wird sie eines Tages selbst gehen können, sogar ohne Stöcke – bis dahin allerdings müsst ihr beide noch eine lange Zeit Geduld haben.«

Pedro schaute den Arzt an. Er brachte kein Wort heraus. Juanita würde gehen können? Allein? Ohne seine Hilfe?

»Aber das andere – ich meine, sie hat doch ... Was ist mit dem anderen Bein?«, stammelte er schließlich.

»Das kriegen wir auch wieder hin. Wir haben Röntgenaufnahmen gemacht. Komm mit mir, ich werde es dir erklären.«

Folgsam und wie betäubt ging Pedro hinter dem Arzt her durch den Korridor und trat in ein helles, geräumiges Büro. Es war angenehm kühl. Eine Klimaanlage summte. Doktor Mendoza setzte sich an seinen wuchtigen Schreibtisch und öffnete die Akte, die vor ihm lag.

Dann drehte er sich mit seinem Sessel um zur Rückwand, wo schwarze Bilder vor einem Kasten mit einer weißen Glasfront hingen. Er knipste einen Schalter an. Neonlicht zuckte hinter der Mattglasscheibe auf und schimmerte durch geisterhaft gezeichnete Knochenstrukturen mitten in den schwarzen Röntgenbildern. Dass es Knochen waren, wusste Pedro sofort. Er sah es an der Form, wie er sie, viel kleiner natürlich, von Hühnern und anderen kleinen Tieren kannte.

»Ist das Juanitas Bein?«, fragte er schüchtern.

»Das ist das rechte Bein, das noch dran ist, ja. Der Unterschenkel. Hier, siehst du, das ist das Knie, diese beiden Höcker, und da unten ist das Fußgelenk. Und hier in der Mitte dazwischen dieser Knick im Knochen, der ist nicht normal. Es ist auch kein normaler Bruch, wie er entstehen kann, wenn man stürzt, und es ist ihr auch nichts aufs Bein gefallen, denn der Knochen ist in so vielen Ebenen gebrochen, dass es nicht von einem einzigen Schlag herrühren kann.«

Doktor Mendoza drehte sich unvermittelt von der Mattglasscheibe weg und beugte sich über den Schreibtisch. »Halt«, sagte er und hob die Hand, als wolle er Pedro daran hindern, etwas zu erklären, »bevor du etwas sagst, möchte ich dir noch mehr erzählen. Ich glaube, dass du dir eine Geschichte zurechtgelegt hast, als du mit den Flüchtlingen hereingeschlüpft bist. Die vergisst du am besten gleich. Ich will nicht, dass du mich belügst. Ich habe mir Juanitas Beine genau angesehen. Nach den Röntgenbildern und dieser Operation weiß ich mehr von der Wahrheit, als du ahnen kannst.«

»Ich habe mir nichts zurechtgelegt«, brachte Pedro mühsam heraus, »es ist wahr, ich wollte es, die Sache mit den Flüchtlingen schien alles plötzlich so einfach zu machen. Ich gehöre nicht dazu, ich bin keiner von diesen Flüchtlingen. Aber es ging dann alles viel zu schnell und ich konnte die ganze Zeit nur an Juanita denken. Bitte, ich will auch alles bezahlen, wenn ich groß bin, und ich tue alles, was Sie wollen, aber helfen Sie Juanita trotzdem weiter.«

»Wer redet denn von Geld?«, sagte der Arzt. »Das ist im Augenblick nicht wichtig. Du bist mit den Flüchtlingen gekommen. Für die medizinische Betreuung von Flüchtlingen haben wir einen Fonds, der deckt alle Kosten.«

Pedro wusste nicht, was ein »Fonds« war, aber er fühlte sich erleichtert und befreit. Von Geld musste man also nicht sprechen. Offiziell gehörte er vorläufig zu den Flüchtlingen.

»Sieh mal, Pedro, ich möchte dir erklären, warum ich so viel von der Wahrheit weiß. Dieser Knochen hier«, der Doktor hielt einen Moment inne und deutete mit dem Daumen über die Schulter, »ist nicht durch einen Unfall verletzt worden. Er wurde durch mehrere gezielte Schläge gebrochen, um nicht zu sagen, zertrümmert. Und zwar muss das mindestens drei bis vier Jahre zurückliegen. Juanita ist schätzungsweise sechs Jahre alt…« – Pedro nickte – »also war sie damals zwei bis drei Jahre alt, als das passierte. Nun haben aber kleine Kinder noch so weiche Knochen, dass es praktisch ausgeschlossen ist, sie durch einen bloßen Sturz zu brechen. Das hat die Natur gut eingerichtet, denn stell dir vor, ein Kind, das eben erst Laufen lernt, würde sich jedes Mal Knochen brechen, wenn es hinfällt! – Nun gut, das Röntgenbild sagt mir also, dass da etwas nicht mit rechten Dingen zuging. Und nun kommt die neue Verletzung, die offensichtlich durch einen einzigen Schlag auf das bereits ebenfalls mehrfach gebrochene linke Bein entstand. Bei der Operation haben wir gesehen, dass seit diesem erneuten Knochenbruch noch keine vierundzwanzig Stunden vergangen sind, auch der Bluterguss und die Blutvergiftung sprechen dafür. Die Flüchtlinge sind aber schon mehr als zwei Tage unterwegs und dauernd unter Aufsicht. Es liegt keine Meldung vor, dass auf dem Transport etwas Ungewöhnliches geschehen ist. Daraus musste ich den Schluss ziehen: Du und Juanita, ihr könnt gar nicht mit dem Bus gekommen sein. Ihr seid von hier, aus der Stadt.«

»Ja«, sagte Pedro und senkte den Kopf. Er wusste nicht mehr, was er sagen sollte. Dieser Mann auf der anderen Seite des Schreibtisches wusste schon zu viel.

»Pedro«, begann Doktor Mendoza nach einer kurzen Pause wieder zu bohren, »ich nehme ja nicht an, dass du deiner Schwester diese furchtbaren Schmerzen selbst zugefügt hast, aber ich glaube, dass du etwas weißt darüber, wer es getan hat, und dass du darüber wahrscheinlich lieber nicht reden möchtest. Lass mich also sprechen. Ich glaube nicht, dass es schwer ist, deine Geschichte zu erraten. Kennst du eine junge Frau namens Teresa Gutierrez?«

Pedro starrte den Arzt an wie ein Gespenst. Hatte sie Gutierrez geheißen? Das wusste er nicht einmal. Für ihn war sie einfach Teresa gewesen.

»Oder kennst du den Bettlerkönig? Er heißt Manuel de los Diablos, aber die meisten kennen ihn unter seinem abgekürzten Namen, der ›Teufelshand‹ – Manu Diablo – bedeutet. Hast du von ihm schon gehört?«

Manuel de los Diablos. Aha. Pedro schaute angestrengt auf die Schreibtischkante und versuchte keinen Gesichtsmuskel zu bewegen, als hätte er überhaupt nichts gehört. Er wollte schweigen. Diese Sache ging niemand etwas an und die Angst stieg wieder in ihm hoch.

»Du brauchst keine Angst zu haben.« War dieser Doktor eigentlich ein Gedankenleser? Pedro sah ihm voll ins Gesicht und nickte. Er schien ja doch alles zu wissen.

»Es ist so: Letzte Woche ist in der ›New York Times‹, einer amerikanischen Zeitung, ein Artikel über die terrorähnliche Bettlerorganisation unserer Stadt erschienen. Die Frau, die ihn geschrieben hat, war einige Zeit hier als Touristin. Sie hat sich offenbar mit dieser Teresa Gutierrez angefreundet. Kaum ist die Reportage erschienen, wird Teresa Gutierrez ermordet. Der Zusammenhang ist offensichtlich, es ist eine Warnung. Die Täter wollen weitere mögliche Informanten abschrecken. Die Polizei tappt nicht ganz so im Dunklen, wie man immer meint, aber solange man nur einen Verdacht ohne die absoluten Beweise hat, wäre es gefährlich, Verhaftungen überstürzt vorzunehmen. Ich vermute nun, dass zwischen dem Mord an Teresa und dieser neuen Sache mit Juanitas Bein ein Zusammenhang besteht. Habe ich Recht?«

Pedro nickte vor sich hin und merkte, wie sich seine

Augen wieder mit Tränen füllten. Er wagte nicht den Arzt anzusehen. »Manu Diablo wollte wissen, wo Teresas persönliche … ich weiß das Wort nicht mehr…« begann er mit zittriger Stimme. »Jedenfalls dachte er, oder der General vielleicht, ich weiß es auch nicht – bitte, Sie dürfen davon aber keinem Menschen etwas weitersagen!« Pedro klammerte sich mit beiden Händen an der Tischkante fest und sah den Arzt flehend an.

»Das ist selbstverständlich«, sagte Doktor Mendoza ernst, »Ärzte dürfen nie etwas von dem erzählen, was ihnen die Patienten berichten. – Wohnt ihr auch in einer dieser Baracken?«

Pedro nickte. »Wir hatten dasselbe Zimmer, Juanita und ich nachts, Teresa tagsüber, weil sie nachts arbeitete. Daher wusste ich eigentlich genau, was sie besaß, und Manu Diablo…«

»Hast du keine andere Möglichkeit, für die nächsten Tage woanders unterzukriechen? Ich möchte nicht, dass du dahin zurückgehst.«

»Das möchte ich auch nicht«, sagte Pedro, »aber ich bin letzte Woche, als Teresa nicht heimkam, schon einmal abgehauen und habe mich bei einer Gruppe Abandonados versteckt. Gestern früh ist einer von ihnen auf der Treppe gestürzt, als ich mit ihm und Juanita allein war. Und als ich Hilfe holen wollte, entdeckten mich Manu Diablos Spitzel sofort. Sie brachten uns zurück. Manu Diablo und der General dachten, dass ich irgendetwas versteckte, was Teresa gehörte. Ich wusste wirklich nichts. Da haben sie sich Juanita vorgenommen. Sie redeten dauernd von Beweisen, ich weiß jetzt noch nicht, wofür.«

»Das kann ich dir sagen.« Doktor Mendoza ließ den Kugelschreiber, den er zwischen den Fingern drehte, klickend auf und zu schnappen. »In der amerikanischen Zeitung, von der ich dir erzählt habe, stand, dass Teresa Gutierrez Beweise dafür habe, dass Manu Diablo aus Gewinnsucht mit Absicht Menschen verstümmelt, die er dann zum Betteln schickt, wie zum Beispiel Juanita. Es gibt bei uns so viele arme Menschen; mit Betteln aus Armut kann man hier kaum ein Herz bewegen. Ein Mensch hingegen, dem nicht nur das Geld fehlt, sondern auch die Gesundheit, lässt doch die Gesunden eher zur Geldbörse greifen, auch wenn sie selbst nicht viel haben, und unser Touristenstädtchen eignet sich natürlich ganz besonders für solche Gaunereien. Die Leute aus dem Ausland, die hier schöne Ferien genießen, sind gegen solches Elend noch nicht so abgestumpft. Mit Reportagen wie in der ›Times‹ wird natürlich jedem dieser Bettlerkönige der Küste entlang das Geschäft vermiest – Teresa ist nun zwar sofort zum Schweigen gebracht worden, aber Manu Diablo kann nicht ganz sicher sein, ob es nicht noch irgendwo Beweise anderer Art gibt, vielleicht schriftliche Dokumente oder Fotos. Darüber weißt du nichts, oder?«

Pedro überlegte noch einmal ganz genau. Das Foto war von Teresas Bruder. Er hatte es oft gesehen. Es war ein junger Mann, vielleicht zwanzig, vielleicht dreißig Jahre alt. Pedro konnte bei Erwachsenen schlecht schätzen, wie alt sie waren; sie waren eben erwachsen. Einen Brief hatte sie auch bei sich gehabt, aber der lag ja nach der Durchsuchung des Zimmers noch herum, also konnte er nichts Belastendes enthalten haben. »Ich weiß wirklich nicht.« Pedro zuckte die Schultern.

»Vielleicht meinte Teresa mit den Beweisen Juanita.«

»Aber warum hat man dann nicht Juanita umgebracht?«, fragte Pedro verwundert.

Der Arzt sah Pedro mitleidig an. »Das spielt doch jetzt keine Rolle mehr. Wer wird es wagen, jetzt noch zu reden, wenn man weiß, wie Manu Diablo mit solchen umgeht, die etwas gegen ihn sagen wollen? Du etwa? Willst du, dass man dich morgen ebenso tot wie Teresa in einem Straßengraben findet?«

Pedro lehnte sich in seinem Stuhl zurück. »Nein«, sagte er leise, »das hätte auch keinen Sinn. Gegen Manu Diablo und den General kommt niemand an. Ich schon gar nicht. Da nützen mir Beweise nichts, Sie haben Recht. Ich hätte viel zu sehr Angst, dass man Juanita oder mir selbst aus Rache etwas antun würde. – Aber Sie...« Pedro schaute plötzlich lebhaft auf, dem Arzt geradeaus in die Augen. »Sie haben doch bei der Operation auch gesehen, dass Juanitas Beine nicht bei einem Unfall gebrochen wurden. Könnten Sie denn nicht ... Ich meine, auf Sie würde man doch eher hören als auf mich? Und Ihnen würde bestimmt niemand etwas antun.«

Doktor Mendoza faltete die Hände und stützte nachdenklich sein Kinn darauf. »Ich könnte das wohl bestätigen«, meinte er schließlich, »aber ich könnte nur aussagen, dass *jemand* die Beine absichtlich zertrümmert hat, jedoch nicht *wer.* Damit könnte man diesem Señor de los Diablos noch lange nichts nachweisen. Die Einzigen, die in diesem Fall etwas zu sagen hätten, wären die Personen, die dabei waren und mit eigenen Augen zusahen, wie er es tat.«

»Der General war noch dabei und die vier Spitzel, die mich eingefangen haben. Aber ich glaube nicht, dass mir einer von denen helfen würde.«

»Das glaube ich auch nicht. Außer wenn man sie gegeneinander ausspielen könnte. Aber lassen wir das jetzt. Es hat keinen Wert, jetzt von Gerechtigkeit zu träumen. Erst einmal muss Juanita wieder gesund werden und dich müssen wir verstecken. Du bist immer noch oder schon wieder in größter Gefahr. Der Platz bei diesen Abandonados scheint mir zu unsicher. Hier in der Klinik kannst du natürlich auch nicht bleiben. Ich möchte dir vorschlagen, dass ich dich zu mir nach Hause mitnehme und du bei mir wohnst in der nächsten Zeit, aber ich möchte meine Frau erst noch fragen. Ich habe eine Frau und eine Tochter. Sie ist so alt wie Juanita.«

In Pedro wuchs wieder die Angst. Er vertraute diesem Mann, aber er war es nicht gewohnt, in einem Haus zu leben, dazu noch mit einer fremden Frau und einem Mädchen, das bestimmt ganz anders war als Juanita. Er hatte es längst verlernt, mit Besteck und Geschirr an einem Tisch zu essen. Seit fast fünf Jahren lebte er buchstäblich von der Hand in den Mund und es war ihm ein Gräuel, auch nur daran zu denken, sich jeden Tag waschen zu müssen.

»Ich danke Ihnen«, sagte er steif und wusste nicht recht, wie er es erklären sollte, »eigentlich möchte ich lieber wieder bei meinen Kollegen wohnen.«

»Ich glaube, es ist zu gefährlich. Sieh mal, ich wohne weit draußen vor der Stadt. Da treibt sich niemand von diesen Leuten herum, und wenn du mal mitfahren würdest, um Juanita zu besuchen, dann könntest du dich schon in der Garage auf den Rücksitz legen und liegen bleiben, bis wir in der Tiefgarage der Klinik ankommen. Kein Mensch würde auch nur ein Haarbüschel von dir sehen. Und weißt du, Juanita wird dich in den nächsten Tagen sehr brauchen. Du warst immer mit ihr zusammen. Für sie bist du der einzige wichtige Mensch, wie eine Mutter. Es ist schon schlimm genug für sie, wenn sie hier in einer ungewohnten Umgebung ist. Sie braucht dich, um rasch gesund zu werden.« Die Worte des Arztes machten Pedro Mut. Es stimmte, dass Juanita ihn brauchte. Wenn er nicht bei ihr war, bekam sie Angst, auch wenn dazu gar kein Grund bestand. Aber dagegen konnte man nichts machen. Angst, das wusste Pedro, war das Schlimmste, was es gab.

»Glauben Sie denn, dass Ihre Frau mich haben will?«

»Wir könnten sie ja fragen. – Einverstanden?« Doktor Mendoza hielt abwartend die Hand über den Telefonhörer auf seinem Schreibtisch.

Pedro nickte zögernd.

Es dauerte nicht lange, bis die Verbindung hergestellt war. »Schatz? Hallo, ich bin's. Hör mal, eine ganz kurze Frage – Wie? Was ist geschehen? Wer? Dolores? Warum denn so plötzlich? Ihre Mutter ist krank geworden? Wirklich ... oder hat es nach Ausrede geklungen? Das trifft sich aber schlecht. Das kann natürlich länger dauern. Kommst du denn vorläufig allein zurecht mit dem Haushalt? – Na ja, ruf jedenfalls sofort die Stellenvermittlung an. Nein, meine Frage erübrigt sich unter diesen Umständen. Nein, sicher.« Er lauschte mit unentschlossener Miene für einige Sekunden der Stimme aus dem Hörer.

»Nein, ich wollte dir eben mal noch ein bisschen mehr Arbeit aufbürden, aber ... wie? Also, ich wollte dich fragen, ob wir für ein paar Tage oder etwas länger einen Jungen bei uns aufnehmen könnten. – Bitte? – Wie jung? – Moment...« Er hielt die Hand über die Sprechmuschel und drehte seinen Kopf zu Pedro: »Wie alt bist du?«, und dann wieder in den Apparat: »Fast zwölf Jahre alt. Ob ich – aber natürlich hab ich meine Gründe. Ich wollte dir die Geschichte nur nicht am Telefon auseinander setzen. Meinst du – aber meinst du wirklich? Ja, gut, danke, du bist ein Schatz.«

Doktor Mendoza nickte ein paar Mal lächelnd in den Hörer. Pedro konnte von weit weg eine helle, lebhafte Frauenstimme aus dem Telefon hören, aber er verstand kein Wort. Der Doktor sagte: »Ja, ja natürlich, aber sicher ... Gut, bis dann. Übrigens, unser Gast heißt Pedro. Ich muss jetzt noch einmal nach ein paar Patienten sehen und dann die Rapporte unterschreiben. Ich bin in etwa drei Stunden zu Hause.«

Der Doktor erhob sich. »Wenn du willst, kannst du hier im Büro bleiben und ein bisschen zeichnen oder lesen«, sagte er freundlich.

»Ich kann nicht lesen.« Pedro senkte den Kopf. Wieder einmal schämte er sich, dass er nicht lesen konnte.

»Nun, das wirst du bald können, wenn du willst.

Unsere kleine Inez übt jeden Tag ganz fleißig neue Buchstaben. Sie freut sich sicher, dir zu zeigen, was sie alles kann. – Dann sieh dich eben ein bisschen um. Anschauen darfst du alles. Mach nur kein Durcheinander. In etwa einer Stunde bin ich zurück, muss dann noch einige Büroarbeiten erledigen und dann fahren wir los. Jetzt schau ich noch mal nach Juanita und sage ihr einen Gruß von dir. Morgen darfst du sie besuchen.«

Pedro saß lange wie betäubt auf seinem Stuhl. Wie sehr hatte sich sein Leben innerhalb weniger Stunden geändert! Es gab etwas ganz Neues: Jemand kümmerte sich um ihn, ein Erwachsener, ein guter Erwachsener. Pedro spürte Freude und Geborgenheit, als könne ihm nun nichts Böses mehr zustoßen.

Nach einer Weile stand er auf und ging auf Zehenspitzen um den Schreibtisch herum. Neben der Mattglasscheibe mit den Röntgenbildern von Juanitas Unterschenkel standen dicke Bücher auf einem Regal. Er zog vorsichtig eines davon heraus und legte es auf den Schreibtisch. Er setzte sich auf den Sessel, auf dem Doktor Mendoza gesessen hatte, und begann in dem dicken Wälzer zu blättern. Es war ein Buch mit vielen Abbildungen von Augen. Die meisten waren nicht sehr appetitlich, von roten Adern durchzogen oder mit Wucherungen an den Lidern, dann auch Zeichnungen von herausgeschälten Augen, die aussahen wie eine Kugel, und mit Pfeilen und Erklärungen, die Pedro nicht lesen konnte.

Als der Doktor wiederkam, war Pedro noch nicht einmal in der Mitte des Buches angelangt. Doktor

Mendoza lächelte und meinte: »Du hättest dir fürs Erste etwas Leichteres aussuchen können ... So, noch ein paar Unterschriften, dann gibt's bald Nachtessen. Juanita schläft fest und gut, das Fieber ist gefallen.«

»Ist sie jetzt ganz allein?« Pedro spürte plötzlich ein leichtes Würgen im Hals. Hatte er Heimweh nach seiner kleinen Schwester? Auch wenn er sie manchmal als Last empfunden und sich heimlich gewünscht hatte, lieber einen Bruder oder überhaupt keine Geschwister zu haben, jetzt, wo er von ihr getrennt war, war ihm die Vorstellung fast unerträglich.

»Nein, natürlich nicht. Hier ist sie nie allein und in der ersten Nacht nach der Operation schon gar nicht. Die ganze Nacht über sind immer Krankenschwestern im Zimmer.«

»Und die schlafen nie?«

»Nein. Die haben Nachtdienst. Die arbeiten nachts und schlafen dafür am Tag.«

»Wie Teresa«, sagte Pedro. »Teresa arbeitete auch nachts. Ob sie wohl auch eine Krankenschwester war?«

»So etwas Ähnliches war sie wohl«, meinte Doktor Mendoza unbestimmt und zog ein paar schreibmaschinengeschriebene Blätter an die Schreibtischkante, wo er sie stehend las und am Schluss unterschrieb. »Ist dein Rucksack gepackt? Ich bin gleich so weit.«

Pedro schob das dicke Buch wieder in die Lücke im Gestell und hob Juanitas Sack an einem Riemen auf die Schulter. Plötzlich fiel ihm etwas ein. »Da müsste noch etwas Brot drin sein.«

»Hunger, was?« Der Arzt lachte leise. »Das ist ein gutes Zeichen. Ein Kummer kann noch so groß sein, so wird er doch immer ein bisschen kleiner, wenn der Magen sich meldet. Wir werden gleich etwas Besseres zu essen bekommen als das Brot, das die Krankenschwester aus Juanitas Rucksack geholt hat. Es war ganz durchweicht und schmutzig. Ich hoffe, du hast nichts dagegen, dass die Enten hinten im Teich damit gefüttert wurden? Kann dein Hunger sich noch eine halbe Stunde gedulden?« Pedro nickte und folgte dem Arzt durch den langen Korridor.

»Warte hier einen Augenblick.« Doktor Mendoza verschwand in einem kleinen Raum. Als er wiederkam, hatte er seinen weißen Arztmantel abgelegt und trug eine leichte, graue Strickweste über einem hellblau gestreiften Hemd. Er sah jetzt aus wie ein ganz normaler Mann auf der Straße. Er ging Pedro zum Lift voraus, hielt ihm die Tür auf und drückte den untersten Knopf.

Die Tiefgarage war schummrig beleuchtet, die Augen mussten sich zuerst daran gewöhnen. Doktor Mendozas Auto war ein großer, uralter Amerikanerwagen mit Heckflossen wie bei einem Haifisch. Die Farbe war unbestimmbar, rosa oder beige oder hellbraun; vielleicht war er alles schon einmal gewesen. Hier und dort waren rostige Stellen nicht zu übersehen, und bevor sich die Tür zum Rücksitz öffnen ließ, musste sie der Arzt mit Fußtritten und Kniestößen behandeln. »Die Gondel ist wahrscheinlich noch aus dem letzten Jahrhundert«, sagte er ärgerlich, »aber es geht uns ja hier allen gleich. Neue Wagen sind einfach nur für Multimillionäre. Immerhin – er fährt.«

Er fuhr tatsächlich. Mit dröhnendem Röhren und

jaulendem Motor kurvte er durch die fast leere Garage und der Auspuff knatterte wie ein Maschinengewehr. Als sie ans Tageslicht kamen, legte sich Pedro der Länge nach auf den Rücksitz. Er hatte überhaupt keine Angst mehr. Im Gegenteil, das neue Erlebnis erschien ihm richtig abenteuerlich. »So machen es die amerikanischen Gangster auch«, sagte er.

»Woher kennst du denn amerikanische Gangster?«, fragte der Doktor verwundert.

»Oh, die kenne ich gut. Die Bilder von denen hängen außen an den Kinos, jede Woche wieder neue.«

Doktor Mendoza lachte.

»Sie dürfen nicht lachen«, sagte Pedro. »Wenn die Leute auf der Straße sehen, dass Sie lachen, obwohl Sie ganz allein sind, denken sie, dass Sie jemand im Auto verstecken.«

»Kluges Bürschchen.«

Der Arzt drehte das Autoradio laut auf. »So«, rief er, »jetzt können die Leute denken, ich lache über die Werbung im Radio!«

Die Fahrt ging in raschem Tempo ostwärts. Da die Klinik schon fast an der Ostgrenze von Cartagena lag, war man hier schnell aus dem größten Verkehr heraus. Abgesehen davon war es schon ziemlich spät. Die Büros in der ganzen Stadt schlossen um fünf Uhr und kurz nach fünf gab es regelmäßig eine unglaubliche Verstopfung vor dem zentralen Stadttor, ein fast unentwirrbares Chaos von Fußgängern und Fahrzeugen, das sich mit einem ebenso ungestümen wie nutzlosen Hupkonzert vorwärts schob. Die Dämmerung setzte unmittelbar nach sechs Uhr ein und war sehr kurz,

wie überall in den Tropen. Um halb sieben war es bereits dunkel und viele Autos fuhren mit Licht.

Nach einer knappen halben Stunde spürte Pedro, wie der Wagen die Fahrt verlangsamte und holpernd nach rechts abbog. Ein Hund bellte, eine Tür wurde aufgerissen, das Bellen wurde lauter und eine helle Kinderstimme rief: »Papa, Papa!«

Doktor Mendoza stieß den Wagenschlag mit dem Ellbogen auf und wehrte sich lachend gegen das kleine schwarzhaarige Mädchen, das ihn sogleich überfiel. »Inez – halt, warte. Ich möchte dir zuerst unseren Gast vorstellen, bevor du mich auffrisst.«

Pedro lag noch immer auf dem Rücksitz. Über der Rückenlehne des Fahrers tauchte ein Gesicht mit schwarzen Kirschaugen auf. Neugierige Blicke taxierten Pedros Länge von den nackten Füßen bis zum Haarschopf. »Warum versteckst du dich?«, fragte Inez.

»Pedro spielt eben gerne Verstecken«, antwortete ihr Vater an Pedros Stelle, »aber jetzt sind wir beide am Verhungern. Komm, Pedro.«

Pedro stieg aus und erkannte in der violetten Dunkelheit des frühen Abends die Umrisse eines großen Grundstücks mit Blumenrabatten und hohen Hecken. Das Auto stand vor einem zweistöckigen Haus, dessen Parterrefenster hell erleuchtet waren. In der offenen Tür erschien eine große, sehr schlanke Frau, die einen ungestüm zerrenden und sich aufbäumenden Dalmatiner am Halsband festhielt.

Doktor Mendoza ging auf sie zu und küsste sie. Zum Hund sagte er »Still, Señorita«, und kraulte das Tier beruhigend am Hals.

Pedro war schüchtern beim Auto stehen geblieben und Inez stand neben ihm und musterte ihn, als wäre er soeben aus dem Weltall eingetroffen.

»Komm her, Pedro!« Der Doktor winkte. »Das ist Catarina, meine Frau. Du kannst sie Cata nennen, so heißt sie in der Familie. Und ich bin Rod. Inez ist unsere Tochter und normalerweise wäre da noch Dolores, unser Hausmädchen, aber ihre Mutter, die in den Anden wohnt, ist plötzlich schwer krank geworden und da musste Dolores hinfahren, um ihre Familie zu versorgen. Aber das sind noch nicht alle: Außer Señorita, unserer Dalmatinerdame, haben wir noch eine Katze mit dem Namen Nofretete und einen Papagei, der jeden Tag anders heißt. Damit wäre die Vorstellung beendet. Und jetzt hoffe ich, dass wir etwas zu essen bekommen.«

»Aber sicher.« Cata nickte Pedro freundlich zu und drehte sich in der Tür um. Inez drängte sich neben Pedro durch den Eingang und sagte zu ihm: »Wenn du willst, kannst du am Tisch neben mir sitzen. Musst du auch immer vorm Essen die Hände waschen?« Sie schnitt eine Grimasse.

Pedro lächelte, aber er wagte nichts zu sagen. Ihm kam alles vor wie ein Traum. Beiläufig hob er seine Hand und zwickte sich kräftig ins Ohrläppchen. Das spürte er wohl, aber er war dennoch nicht sicher; vielleicht konnte man ja auch träumen, dass man sich ins Ohrläppchen zwickte?

Überraschungen

Pedro war überrascht, wie einfach alles weiterging. Cata gab ihm ein fast neues T-Shirt von sich, mit einer großen farbigen Mickymaus, und zeigte ihm, wo er sich die Hände waschen konnte. Er tat es ganz ohne Widerwillen, im Gegenteil: Er konnte fast nicht aufhören, die cremige, wohlriechende Seife bis auf seine Unterarme zu schmieren. Als Inez ihn zum Essen rief, kam er sich schon sehr viel sauberer vor und setzte sich erwartungsvoll auf den Platz neben sie. Er war erleichtert, als er sah, dass es Empanadas gab, kleine, mit dicker Fleischsauce gefüllte Maistaschen, die alle mit den Fingern aßen. Rod bediente den Fernsehapparat, der in Pedros Rücken zwischen zwei Fenstern auf einem breiten Bücherregal stand. Cata sah ihn etwas ärgerlich an und sagte seufzend: »Kann man denn nie in Ruhe essen?!«

»Nur rasch die neuesten Nachrichten.« Rod setzte sich neben sie und tätschelte ihren Arm.

Während Cata Berge von Salat auf die Teller häufte, wurden Nachrichten aus fremden Ländern verlesen. Auf der gegenüberliegenden Seite stand ein Schrank mit einer hohen Glasvitrine und Pedro konnte die Bilder bequem wie in einem Spiegel betrachten. Der Nachrichtensprecher brachte erst die neuesten Meldungen vom Ausbruch des Nevado del Ruiz, dann etwas über Nicaragua, dann über die Sowjetunion.

Plötzlich fuhr Pedro zusammen und drehte sich erschrocken zum Bildschirm um. Er sah Manu Diablo und den »General« mit gefesselten Händen eine Treppe herabkommen. Der »General« hob beide Hände vors Gesicht, als ob ihn das Licht blende.

»In der Affäre Teresa Gutierrez hat die Kriminalpolizei heute in den späten Morgenstunden zwei Verhaftungen vorgenommen. Der Tat dringend verdächtigt werden Manuel de los Diablos und Enrique Lopez.«

Pedro schoss vom Stuhl auf und stellte sich direkt vor den Fernsehapparat. Fast traute er seinen Augen nicht. Wirklich: Es waren Manu Diablo und der »General«, die mit wütenden Gesichtern auf der Freitreppe des städtischen Gerichtsgebäudes standen und ein wahres Gewitter von Blitzlichtern aus den Kameras der Reporter über sich ergehen lassen mussten. Nur einen kurzen Augenblick waren sie zu sehen, dann verlas der Nachrichtensprecher schon wieder andere Neuigkeiten.

»Was hast du?«, fragte Inez neugierig.

Pedro setzte sich wieder an den Tisch. Rod bedeutete ihm mit einem unmerklichen Kopfschütteln, Inez nicht zu antworten. Aber sie bemerkte es gar nicht. Offenbar waren ihre Gedanken schon wieder ganz woanders. Sie sah ihn mit schräg gelegtem Kopf an und fragte nach einer Weile: »Schläfst du in meinem Zimmer?«

»Pedro schläft im Gastzimmer«, sagte Cata.

»Aber Ana Maria durfte auch in meinem Zimmer schlafen.« Inez war enttäuscht.

»Das ist nicht dasselbe. Ana Maria ist deine Freundin und Pedro ist ein Gast.« Cata blieb fest.

Inez versuchte es noch einmal: »Aber du bist auch ein Freund, nicht wahr, Pedro?«

Pedro hatte kaum hingehört. Er konnte es immer noch nicht fassen. Etwas Ungeheuerliches war geschehen. Der Bettlerkönig und der »General« waren im Gefängnis. Pedro wusste nicht, ob er aufatmen durfte. Das Reich des Bettlerkönigs war groß und seine Macht, die Macht der Angst, reichte weit über die Gefängnismauern hinaus.

Als das Nachtessen beendet war, wurde Inez zu Bett gebracht. Das passte ihr gar nicht und ihr Protest wurde laut und lauter. Sie fand es ungerecht, dass sie nicht mehr mit dem »Gast« spielen durfte, sie fand vor allem ihre Eltern völlig ungerecht und überhaupt zum Schluss die ganze Welt.

»Lass jetzt«, sagte Rod schließlich, »morgen ist auch noch ein Tag.«

Pedro und Rod blieben am Tisch sitzen. Rod drehte das Wasserglas hin und her, dass es fast umkippte.

»Jetzt sieht die Sache natürlich wieder ganz anders aus«, sagte er. »Ich hoffe nur, dass die Polizei genügend Beweismaterial hat, damit es zu einer klaren Verurteilung reicht. Wenn die beiden für genügend lange Zeit hinter Gittern verschwinden, lässt sich vielleicht für die Leute etwas machen, die bis jetzt als Bettler unter der Knute dieser Organisation waren.«

»Vielleicht kann ich wieder zu meiner Bande zurückkehren?« Pedro war plötzlich ganz aufgeregt.

»Gefällt es dir hier denn gar nicht?« Rod schien etwas enttäuscht.

»Oh, doch«, sagte Pedro rasch, »es ist wie in einem

Traum, so schön. Aber ich weiß nicht, ob ich mich an so ein Leben, wie Sie es führen, hier in dieser Umgebung gewöhnen könnte. Ich wage kaum zu atmen.«

»Ach, das würde sich mit der Zeit geben. Ich glaube nicht, dass jetzt für dich eine unmittelbare Gefahr besteht, aber ich möchte doch nichts überstürzen und erst einmal abwarten, wie die Sache mit den beiden Ganoven weiterläuft. Auf jeden Fall möchte ich dich in den nächsten Tagen möglichst oft bei mir haben. Morgen kommst du erst einmal mit zu Juanita, dann sehen wir weiter. Was Inez betrifft: Ihr darfst du von dieser ganzen Geschichte nichts erzählen. Es ist zu gefährlich. Sie ist ein kleines Plappermaul, sie würde jedem brühwarm erzählen, was sie weiß. Das geht natürlich nicht.«

Cata kam zurück und sah Pedro prüfend an. »Ich vermute, dass du mit dieser Sache vorhin« – sie machte eine Kopfbewegung zum Fernsehapparat – »etwas zu tun hast?«

Rod nickte an Pedros Stelle. Er erzählte, was heute geschehen war, und Pedro kam es ganz unwirklich vor, dass er sich erst heute Morgen keuchend und völlig hoffnungslos mit der fiebernden Juanita zu seinem Bettelplatz geschleppt hatte. Was doch alles an einem einzigen Tag passieren konnte!

»Ich glaube, unser Gast ist müde.«

Pedro schreckte auf. Er hatte die Arme auf die Tischplatte gelegt und den Kopf allmählich darauf sinken lassen. Und er war tatsächlich für einen Augenblick eingeschlafen. Er sah Cata und Rod auf der anderen Tischseite lächeln.

Rod erhob sich. »Komm, ich zeig dir, wo du schlafen kannst. Komm mit!«

Er führte Pedro in ein kleines Zimmer im oberen Stockwerk. An der Wand stand ein unheimlich großes Bett mit einem leichten Überwurf aus hellblauer Wolle. Vor dem Fenster standen ein Schreibtisch aus dunklem Holz und ein lederbezogener Sessel. Das Fenster hatte blaue Vorhänge und in der Mitte des Zimmers hing eine Glühbirne in einem aus Schnüren geknüpften Lampenschirm, der ein interessantes Schattenmuster kreisförmig über die ganze Zimmerdecke warf.

»Hier ist das Bad.« Rod öffnete eine Tür. Pedro sah zum ersten Mal in seinem Leben eine richtige Badewanne. Sie schimmerte hell wie eine Muschel. »Da kannst du morgen ausgiebig baden – jetzt bist du wohl zu müde dazu«, sagte Rod und schlug den Überwurf des Bettes zurück. »Also dann, schlaf gut; ich werde dich morgen rechtzeitig wecken, damit du mit mir in die Klinik fahren kannst.«

»Ja, danke«, sagte Pedro. Ohne sich auszuziehen legte er sich aufs Bett. Als Rod das Licht ausdrehte, war er schon eingeschlafen.

Eine schwere Entscheidung

Der erste Tag in seiner neuen, eleganten Umgebung begann mit schwarzen Bohnen und gebratenen Gemüsebananen zum Frühstück. Danach durfte er mit Rod ins Krankenhaus fahren, diesmal auf dem Beifahrersitz, ohne sich verstecken zu müssen.

Rod begleitete ihn gleich als Erstes zu Juanita. Sie war sehr schläfrig, aber sie erkannte Pedro und lächelte. Pedro wandte den Kopf zu Rod und fragte leise: »Weiß sie … ?« Rod nickte. »Sie ist sehr tapfer.«

Pedro streichelte ihre Wange und versprach ihr sie jeden Tag zu besuchen.

Auf dem Weg zum Büro ging Rod etwas langsamer und nahm Pedro bei der Hand. »Ich muss dir noch etwas sagen. Ich habe gestern Abend mit dem Chefarzt der Klinik und mit einem Anwalt gesprochen. Du hast nichts zu befürchten, die stehen beide auch unter Geheimhaltungspflicht. Ich musste es tun. Durch diese ganze Geschichte mit Teresa und diesem de los Diablos seid ihr – du und Juanita – zu wichtigen Zeugen geworden. Ich weiß nicht, ob du dir darüber klar bist.«

Pedro schüttelte den Kopf. Damit wollte er nichts zu tun haben.

»Das ist aber so und ich möchte, dass du dir anhörst, wie die Geschichte klingt, wenn sie ein anderer erzählt – du kannst immer noch Nein sagen. Den ganzen Fall ins Rollen gebracht hat ja dieser Artikel in der ›New York Times‹, die natürlich überall auf der Welt gelesen wird, auch bei uns. Und die Presse hier hat das Interesse der Öffentlichkeit – schließlich geht es um Cartagena – mächtig angeheizt. Ich weiß nicht, ob sich jene amerikanische Journalistin klargemacht hat, wie gefährlich die Sache für Teresa war, und vielleicht war es sogar gut, dass sie es nicht wusste, sonst wäre diese Organisation noch lange nicht aufgeflogen. Aber jetzt – jetzt muss die Polizei mit aller Härte eingreifen, schon aus politischen Gründen, wenn du weißt, was ich meine.« Pedro schüttelte wieder den Kopf.

»Es ist auch etwas schwierig, das zu erklären. Ich möchte nur eines sagen und das hat mir der Anwalt dringend ans Herz gelegt: Man hätte hier eine Chance, endlich durchgreifen zu können und etwas für die Ärmsten der Stadt zu tun. Mag sein, die Beweise reichen für eine Verurteilung wegen Mordes oder Beihilfe zum Mord, aber du weißt ja, Morde regen hier zu Lande keinen besonders auf. Der Fall von Juanita – also der Beweis für die Wahrheit, die Teresa erzählt hat – liegt aber ganz anders. Kindesmisshandlung und Menschenhandel sind Vergehen, die auch die abgebrühtesten Gemüter bewegen. Verbrecher, die zu solchen Taten fähig sind, sollen so hart bestraft werden, wie es nur geht. Normalerweise dauert es mehrere Monate bis zur Gerichtsverhandlung, aber in diesem Fall will man das Interesse der Öffentlichkeit ausnützen und das Eisen schmieden, solange es heiß ist. Der Staatsanwalt meint, die Sache müsste innerhalb von zwei bis drei Wochen über die Bühne gehen.

So lange müssen wir dich versteckt halten, denn du bist der einzige Zeuge.«

Pedro schüttelte noch immer den Kopf. »Ich trau mich nicht«, sagte er. »Manu Diablo könnte der Polizei hundert andere Geschichten erzählen, warum Juanitas Beine gebrochen sind. Die würden mir doch nicht glauben.«

»Nun, erstens geht es hier nicht um die Polizei, sondern um ein öffentliches Gericht. Ich weiß, dass du von der Polizei nicht viel hältst, aber vielleicht bist du in diesem Punkt voreingenommen. Und was deine Glaubwürdigkeit angeht, da brauchst du dich nicht zu sorgen, da steht unsere Klinik für dich ein. Jeder Arzt wird nach den Röntgenbildern bestätigen können, dass diese Beine nicht durch einen auch noch so komplizierten Unfall gebrochen – und wieder gebrochen – wurden. Wir haben beschlossen, dass – falls du einverstanden bist – der Chefarzt des Spitals Klage erheben wird. Dann geht das automatisch weiter an den Staatsanwalt, weil es sich um ein öffentliches Verbrechen handelt.«

»Und was müsste ich tun?«, fragte Pedro widerstrebend.

»Vielleicht gar nichts. Vielleicht reichen die medizinischen Beweise aus. Vielleicht müsstest du aber zur Gerichtsverhandlung erscheinen und bestätigen, dass es dieser Mann war und kein anderer, der Juanita geschlagen hat. Identifizieren nennt man das.«

»Und Juanita? Müsste sie auch ... identi ... identi ...«

»Den Täter identifizieren? Nein, das glaube ich nicht. Sie ist noch zu klein. Du hingegen ... Weißt du, es braucht schon allerhand Nerven, das will ich dir nicht verheimlichen.«

»Und Manu Diablo wäre auch da?«

»Wahrscheinlich.«

»Ich weiß nicht. Ich hab Angst.«

»Das glaube ich dir. Ich will dich auch nicht überreden. Ich weiß nicht, ob ich an deiner Stelle den Mut aufbringen würde. Wir wollen jetzt auch nicht weiter darüber reden. Du überlegst dir die Sache, und wenn du dich entschieden hast, sagst du es mir. Einverstanden?«

Pedro war einverstanden. Er blieb den ganzen Tag über in Rods Büro und überlegte. Am Abend, auf der Heimfahrt, sagte er Rod, dass er bereit sei, gegen Manu Diablo als Zeuge aufzutreten.

Warten

Die nächsten vierzehn Tage verliefen ruhiger, wenigstens für Pedro selbst. Nur selten merkte er, dass er offenbar eine wichtige Person geworden war. Außerhalb des Gartens der Mendozas bemerkte er manchmal Autos, von denen Rod sagte, sie gehörten der Polizei. Aber es waren ganz gewöhnliche Wagen ohne die Aufschrift »Policia« und manchmal sah er einen oder zwei Männer am Zaun entlang gehen und die Straße beobachten. Im Fernsehen wurde der bevorstehende Prozess, genannt der »Bettlerprozess«, gegen Manu Diablo groß aufgemacht. Es verging fast kein Tag, an dem nicht darüber berichtet wurde. Manchmal war von einem »Hauptzeugen« die Rede und Pedro wusste, dass er damit gemeint war. Sein Name wurde nicht genannt. Es hieß nur, der Hauptzeuge sei »unter strenge Bewachung« gestellt worden. Rod pflegte dann jedes Mal wie ein strenger Lehrer den Zeigefinger zu heben und Pedro mit tiefster Grabesstimme anzuraten, auf keinen Fall aus seinem streng geheimen Gefängnis auszubrechen.

Pedro durfte Juanita jeden Tag im Krankenhaus besuchen. Meist fuhr Rod zum Mittagessen nach Hause, dann verbrachte Pedro den Nachmittag mit Cata und Inez. Die beiden gaben sich alle Mühe, ihn zu unterhalten, weil sie spürten, dass Pedro sich fremd fühlte

INEZ
HAPPY
BIRTH

und Heimweh hatte nach der Stadt, nach Pepe, nach dem »Palast« und seinen Freunden aus der Bande und sogar nach seiner alten Baracke.

Schon bald aber entdeckte Pedro unter Inez' Spielsachen eine Musikdose, die sein Interesse weckte. Sie funktionierte in der gleichen Art wie Pepes Eiswagen-Walze und auch hier fehlte eine große Anzahl von Stahlstiften, so dass von der Melodie nicht mehr viel zu erkennen war. Pedro erbat sich von Rod einen Lötkolben und Stifte und Rod verbrachte seinen ganzen Feierabend damit, in der Stadt herumzufahren und die gewünschten Ersatzteile einzukaufen. Die Walze war sehr viel kleiner als die von Pepe, und Pedro brauchte eine Pinzette, um die feinen Stifte an der richtigen Stelle einzusetzen, und nachher musste er noch stundenlang mit einer Nagelfeile daran herumfeilen, bis der Ton genau stimmte.

Inez jubelte vor Freude, als sie die Melodie »Happy Birthday« wieder erkannte und mitsingen konnte.

Auch Cata wunderte sich. »Da hast du eine ganz tolle Begabung, weißt du das?«, fragte sie.

Pedro lachte. »Nein, ich wusste es nicht. Ich hab immer nur zugeschaut. Aber ich mach es furchtbar gern. Am liebsten würde ich gar nichts anderes machen.«

Inez suchte und fand in ihrem Berg von Spielzeug noch eine ganze Reihe von Sachen, die Pedro mit einer kleinen Reparatur wieder in Ordnung bringen konnte, und es war ihm keinen Augenblick mehr langweilig. Am Anfang gingen die kniffligeren Arbeiten noch etwas langsam, aber er gab nicht auf und mit jedem Stück wurden seine Finger geschickter.

Cata fand einiges in ihrem Haushalt, einen automatischen Doppel-Schwingbesen zum Beispiel, dessen Zahnräder nicht mehr richtig ineinander griffen. Bewundernd sah sie Pedro zu, wie er mit zwei feinen Zangen den Schaden in knapp fünf Minuten behob. »Du bist ein Genie, danke tausendmal!«, sagte sie und küsste Pedro lachend auf die Wange.

Von der zweiten Woche an durfte Inez ihn manchmal zu Juanita begleiten und die beiden gleichaltrigen Mädchen freundeten sich rasch an.

Juanita ertrug ihr Leiden klaglos und munterte sogar Pedro auf. »Wenigstens tut dir jetzt dein Bein nicht mehr weh«, sagte er. Aber zu seiner Verwunderung behauptete Juanita, genau dort Schmerzen zu spüren, wo vorher der Unterschenkel und der Fuß gewesen waren. »Das kann ja nicht stimmen«, meinte Pedro, aber Juanita blieb steif und fest bei ihrer Behauptung. Als er es fast belustigt auf dem Heimweg Rod erzählte, nickte der und bestätigte Pedro, dass dieser nachträgliche Schmerz sogar normal sei.

»Man nennt das Phantomschmerz. Ein Phantom ist etwas, das man nicht sieht.«

»Ein Gespenst?«

»So ähnlich. Eben ein Bein, das gar nicht mehr vorhanden ist, aber den Schmerz spürt man genau dort, wo vorher das Bein war. Gemein, hm?«

Pedro staunte. »Wo ist denn jetzt Juanitas Bein?«, wollte er wissen.

»Das ist längst verbrannt«, sagte Rod.

»Seltsam, so teilweise tot zu sein«, meinte Pedro

und versank in nachdenkliches Schweigen. »Vielleicht ist Felipe inzwischen auch schon tot.«

»Wer ist Felipe?«, fragte Rod.

»Das ist der, der auf der Treppe gefallen ist, als ich loslief, um Hilfe zu holen. Ich habe die Geschichte doch erzählt.«

»Und du weißt gar nicht, was wirklich mit Felipe geschehen ist – und ob er ernstlich verletzt war?« Pedro zuckte die Schultern.

»Möchtest du im ›Palast‹ nachsehen und ihn besuchen?«

»Ich weiß nicht. Ich trau mich nicht. Es ist schon mehr als zehn Tage her und ich habe ein sehr schlechtes Gewissen. Ich weiß auch nicht, was die anderen von mir denken. Für sie muss es doch aussehen, als hätte ich Felipe einfach liegen gelassen und sei abgehauen.«

»Dann ist es umso wichtiger, dass du nachsiehst. Die Geschichte plagt dich sonst, wenn du nicht weißt, wie sie ausgegangen ist.«

»Müssen wir nicht die Polizei um Erlaubnis fragen?«

Pedro war durch die Berichte im Fernsehen ein bisschen eingeschüchtert. Wenn ihn nun jemand sah? Vielleicht waren noch immer Spitzel am Werk?

»Das werde ich schon regeln«, versprach Rod, »morgen ist Sonntag. Ich könnte dich begleiten, wenigstens bis zum Hafen, und in der Nähe des Palastes auf dich warten. Wir dürfen nur nicht auffallen. Wir machen einfach einen Spaziergang am Hafen, wie es Väter mit ihren Söhnen hie und da tun, um ihnen die Schiffe zu zeigen und die Anlagen zu erklären.«

Der Vorschlag, mit Rod spazieren zu gehen wie Vater und Sohn, gefiel Pedro. Ohne es zu merken lächelte er vor sich hin.

Im »Palast«

Es war bereits der zweite Sonntag, den Pedro im Haus der Mendozas verbrachte. In der Nacht hatte er kaum geschlafen. Er hatte keine richtige Ruhe finden können, weil er nicht wusste, wie die Bande seinen Besuch auffassen würde.

Nach dem Mittagessen fuhr Rod den Wagen aus der Garage. In der drückenden Hitze regte sich kein Lüftchen. Im Auto war es heiß wie in einem Backofen. Rod drehte das Gebläse der Luftkühlung voll auf.

Am Sonntag war die Stadt ganz anders. Die meisten Leute blieben in den Häusern und den kühlen Hinterhöfen; nur Touristen flanierten draußen auf den Straßen und blieben vor den Schaufenstern stehen.

Einen Augenblick sah sich Pedro wie früher mit Juanita im Eingang seines Lagerhauses am Bettelplatz sitzen, wie er den Touristen bittend die Hand entgegenstreckte, und fühlte wieder die Angst bestraft zu werden, wenn er am Abend zu wenig Geld ablieferte. Er schüttelte sich, als ob er das Bild von sich abschütteln wollte, und rückte näher zu Rod. Rod nahm seine Hand und gemächlich gingen sie nebeneinanderher über die Hafenpromenade auf den »Palast« zu.

Einige Schritte vor dem breiten Tor des blauen Hauses blieb Pedro stehen.

»Ich möchte lieber allein hineingehen«, sagte er.

»Selbstverständlich. Wenn du nicht willst, brauchst du keinem zu sagen, dass ich hier bin.« Rod nahm sein Taschenbuch aus der Brusttasche seines Jacketts und setzte sich auf der anderen Seite des Kais, dicht am Wasser, auf einen der großen runden Steinblöcke, die früher zum Anbinden der Segelschiffe gedient hatten. »Ich warte hier.«

Im Torbogen des »Palastes« kam Pedro der Hausbesitzer aus der Seitentür entgegen und sah ihm nach. »Schon wieder einer mehr«, murmelte er nicht unfreundlich und schüttelte gut gelaunt den Kopf. In jeder Hand trug er eine Korbflasche. »Sag denen, heute schließe ich den Roll-Laden etwas früher!«, rief er Pedro nach, bevor dieser auf der linken Seite des Hinterhofs verschwand.

Die Tür zum Keller stand offen wie immer. Pedros Herz klopfte, als er oben an der Treppe stehen blieb und in den dunklen Raum schaute. Alles war still. War denn niemand hier?

Aber dann erhob sich ein Freudengebrüll. Antonio hatte ihn zuerst gesehen und stürzte ihm entgegen. Er umarmte ihn stürmisch. »Mensch, wo hast du gesteckt, du großer Held?« Die anderen kamen neugierig heran und schüttelten ihm die Hand, als hätte er bei der Olympiade eine Goldmedaille gewonnen. Er wusste gar nicht, was das zu bedeuten hatte.

»Felipe! Gott sei Dank, du lebst!« Pedro fiel ein Stein vom Herzen.

Felipe war quicklebendig wie immer und zappelte auf Pedro zu, als ob nichts gewesen wäre.

»Warum sollte ich nicht? Mir geht es gut«, sagte er leichthin.

»Weißt du – an dem Montag, als du die Treppe runtergefallen bist, wollte ich Hilfe holen und bin von Manu Diablos Spitzeln geschnappt worden.«

»Wir haben uns so etwas gedacht.« Ramon mischte sich ins Gespräch. »Felipe konnte sich zuerst an nichts erinnern; wahrscheinlich hat der Sturz sein Hirn ein bisschen durcheinander gebracht. Dann wusste er wieder, dass ihm nach der Putzerei im Klo übel geworden war, und schließlich hatte er dann die ganze Geschichte beisammen, aber er konnte mit dem besten Willen nicht sagen, was aus dir und Juanita geworden war.«

»Dann habt ihr also nicht gedacht, ich hätte Felipe im Stich gelassen?« Pedro atmete auf. Nun war er doch froh, dass er hergekommen war.

Antonio wusste alle neuesten Nachrichten. Er hatte sämtliche Zeitungen mitgehen lassen, die er bekommen konnte, und hatte den anderen daraus vorgelesen, was über die Vorbereitungen zum Prozess drinstand. »Wir dachten natürlich schon, dass du das bist, und wir haben uns gefragt, wo man dich wohl versteckt hat.«

Pedro erzählte alles, was ihm und Juanita passiert war seit jenem verhängnisvollen Montag. Er erzählte von Rod und Cata und von dem Haus, in dem er jetzt wohnte. »Rod hat mich hergebracht. Er wartet draußen am Kai auf mich. Ich hoffe, ihr nehmt es mir nicht übel, dass ich ihm von euch erzählt habe.«

»Ach wo«, sagte Ramon, »für ihn war es das

größere Risiko, dich herzubringen, mitten in die Stadt unter all die Leute.«

»Ah – das macht doch nichts, kein Mensch weiß, wer der Hauptzeuge ist.« Antonio schwenkte ein Bündel Zeitungen. »Ich hab alles genau gelesen; steht kein Wort drin von einem Jungen, kein Name, kein Bild, nichts. Pedro könnte Tag und Nacht durch die Stadt spazieren und kein Hahn würde nach ihm krähen. Wenn die Journalisten, die zur Zeit überall herumschnüffeln, wüssten, dass ihnen der Hauptzeuge genau vor der Nase steht – Mensch, würden die sich hinterher ärgern!« Auf Antonios Gesicht strahlte die reinste Schadenfreude.

»Journalisten? Was für Journalisten?« Pedro wusste nicht recht, was er davon zu halten hatte.

»Aus dem ganzen Land, sogar aus dem Ausland. Du hast wohl keine Ahnung, was in der Stadt los ist. Überall spricht man nur von diesem Prozess; die machen da einen mächtigen Wirbel drum. Wo du hinhörst: Der Bettlerprozess ist Thema Nummer eins. Du wirst bald berühmt, mein Freund!«

Pedro war eher ein bisschen mulmig zu Mute. »Meint ihr, dass ich Rod den Hinterhof zeigen dürfte? Oder...«

»Na klar!« Antonio zeigte sich großzügig.

»Ich weiß nicht.« Ramons tiefe Stimme klang misstrauisch. »Darüber müssten wir wohl erst beraten. Wir lassen sonst keine Fremden herein, wenn es nicht sein muss.«

Es gab ein kurzes Wortgefecht, in dem Antonio leidenschaftlich die Partei für Rod ergriff. »Er hat schließlich Pedro geholfen und er weiß ohnehin alles von uns – was kann er uns denn schaden?«

Ramon ließ abstimmen. »Nun gut«, sagte er, als er sah, dass niemand dagegen war, »er soll kommen.«

Pedro rannte zum Tor und über den Kai, wo Rod in sein Buch vertieft war. Er tippte ihm auf die Schulter. »Willkommen im Palast«, sagte er und strahlte.

»Wirklich? Bin ich als Bandenmitglied aufgenommen?«, fragte Rod lachend. Er stand auf, strich sorgfältig die Bügelfalten seiner Hose glatt, als wäre es wichtig, einen guten Eindruck zu machen, und folgte Pedro zum Tor des »Palastes«.

Die Begrüßung zwischen Rod und Pedros Kameraden verlief harzig und unbehaglich. Alle, auch Rod, standen unschlüssig herum, die Hände in den Taschen vergraben, und niemand wusste etwas zu sagen. Glücklicherweise stach Rod bald der alte Brunnen in die Augen. Mit einem Ausruf der Verwunderung ging er darauf zu.

Pedro folgte seinem Blick und fühlte sich sogleich stolz, als ob der Brunnen sein persönlicher Besitz wäre. Er erinnerte sich, dass er auf Rods Büchergestell viele Bücher mit Abbildungen von allen möglichen Arten Brunnen gefunden hatte. Wie ein Magnet zog der Brunnen Rod an; er besah sich den Stein aus der Nähe und strich mit der Hand sorgfältig prüfend, fast liebkosend, über die Metallverzierungen am Wasserrohr. »Unglaublich«, murmelte er, »ich kenne doch alle Anlagen in der Stadt ... Aber da haben wir ja eine Neuentdeckung gemacht. Sechzehntes Jahrhundert, das Becken wenigstens, das Rohr ist Anfang achtzehntes, vielleicht Ende siebzehntes Jahrhundert; phantastisch«, sagte er, mehr zu sich selbst.

Nach und nach kamen die Bandenmitglieder näher und hörten verwundert zu, was Rod über die Geschichte ihres alten Brunnens zu erzählen wusste, den sie bisher kaum beachtet hatten und den sie nun plötzlich mit ganz anderen Augen ansahen.

»Du musst Antonio sein«, meinte Rod dann unvermittelt und Antonio nickte geschmeichelt und schaute mit wichtiger Miene in die Runde seiner Kameraden, als erwarte er Applaus. »Und das ist Felipe.« Rod hatte richtig geraten. »Du bist der zappeligste von allen. Geht es dir wieder gut?«

»Danke, ja«, antwortete Felipe artig wie ein Musterschüler.

»Kein Kopfweh mehr?« Automatisch legte Rod die Hand auf Felipes Stirn und zog mit dem Daumen das linke Augenlid hoch, als wolle er nachsehen, ob noch das ganze Auge vorhanden sei.

»Doch, das schon, aber jeden Tag weniger.« Felipe sah den Arzt respektvoll an.

Rod nickte. »Die Dunkelheit da drin ist vorläufig ganz heilsam für dein durchgerütteltes Gehirn.« Er machte eine Kopfbewegung gegen den Keller. »Aber ist es nicht etwas feucht hier?«

»Sehen Sie es sich an, Doktor.« Ramon warf den anderen einen unbestimmten Blick zu. »Ein Palast ist es natürlich nicht gerade.«

Rod betrat die Treppe, wartete, bis sich seine Augen an das Dunkel gewöhnt hatten. »Mhm«, sagte er und schien zu überlegen, »die Schlafstellen sind etwas

ungünstig. Hängematten wären besser. Die Säcke nehmen gerne Feuchtigkeit auf und beginnen dann zu vermodern. Das ist ungesund. Aber sonst – ganz romantisch.« Pedro beobachtete, wie Rod vor sich hin lächelte. Es sah aus, als steckte in einem Teil von ihm noch ein kleiner Junge, der die Bande um diesen Keller beneidete.

»Hängematten kosten Geld, Señor«, sagte Ramon und rieb zur Untermalung Daumen und Zeigefinger aneinander – ein Zeichen, das man überall in der Welt versteht. »Und Geld ist Mangelware. Wenigstens bei uns.«

»Dem lässt sich abhelfen. Hängematten kosten ja kein Vermögen«, sagte Rod.

»Wir wollen nichts geschenkt«, protestierte Ramon fast aufbrausend.

»Was wir brauchen, nehmen wir uns.« Diegos zusammengezogene Augenbrauen wirkten finster.

Rod verschränkte die Arme und sah die beiden an. »Wenn ihr euch das Geld aber verdienen könntet wie normale Leute...«

»Darüber können wir nur lachen«, sagte Ramon bitter. »Was denken Sie, wer uns schon Arbeit gibt!«

»Nun«, Rod blieb gelassen, »wenn ihr Pedro wiederhabt, wüsste ich schon eine Einnahmequelle für euch, falls er überhaupt mit euch teilen will und das Geschäft nicht lieber allein macht...«

»Welches Geschäft?« Pedro schaute verwirrt zu Rod auf.

»Cata hat mir erzählt, wie geschickt du im Reparieren von feinen mechanischen Teilen bist. So etwas können nicht viele; dafür braucht es Fingerspitzengefühl.«

»Ich habe ein paar alte Sachen geflickt«, erklärte Pedro, zu Ramon gewandt, »eine Spieluhr und so Zeug.«

»Und ich kenne viele Leute, die froh wären, wenn sie wüssten, wo man solches Zeug flicken lassen kann«, fügte Rod hinzu, »haufenweise persönliche Bekannte und mindestens drei Antiquitätenhändler. Ein Vermögen könntest du damit zwar nicht machen, aber immerhin …«

»Wirklich?« Pedro staunte. War es möglich, dass er mit dem, was er bei Pepe, dem Eismann, gesehen hatte, dank besonders geschickter Finger etwas konnte, womit sich sein Lebensunterhalt auf ehrliche Weise verdienen ließ? Er bemerkte, wie Fernando mit schläfrigem Blick seine Hände begutachtete.

»Was meinst du, Fernando, würdest du auch mitmachen?«

Fernando hob zweifelnd die Schultern. »Weiß nicht«, sagte er, »wir könnten es ja mal versuchen.« Es klang nicht ganz überzeugt. Als »Trickspezialist« setzte er sein Fingerspitzengefühl doch auf ganz andere Weise ein. Unter Spieluhren und »so Zeug« konnte er sich nicht viel vorstellen.

»Wollt ihr Pedro denn überhaupt wiederhaben?«, fragte Rod.

Ramon lächelte geringschätzig. »Der wird ja wohl nicht wieder bei uns wohnen wollen … Wenn man einmal das feine Leben bei reichen Leuten gewohnt ist, zieht man nicht mehr gern in einen Keller.«

»Das ist nicht wahr«, entfuhr es Pedro, dann schwieg er erschrocken. Er wollte Rod nicht verletzen. Er und Cata und Inez waren so freundlich gewesen zu ihm und hatten alles für ihn getan, damit er sich wohl fühlte.

Rod legte seine Hand auf Pedros Schulter und führte ihn etwas abseits. »Ich verstehe dich schon, Pedro«, sagte er leise, »du musst wissen, dass ich dich sehr gern habe. Am liebsten würden wir dich bei uns behalten. Aber so etwas geht nur im Märchen gut. Du bist durch dein bisheriges Leben mehr an Selbständigkeit gewöhnt als mancher Erwachsene; es wäre falsch, dich jetzt plötzlich in so genannte geordnete Verhältnisse hineinzuzwängen. Diese Sache wird bei Gericht vielleicht zur Sprache kommen und da möchte ich, dass du mir freie Hand lässt. Ich verspreche dir dafür zu sorgen, dass man dich nicht einfach in ein staatliches Kinderheim steckt. Aber bevor du dich entscheidest, müsste ich noch einen anderen Punkt mit dir besprechen.«

Pedro fühlte sich unbehaglich. Seine Kameraden standen unschlüssig vor dem Eingang zum Keller, tuschelten miteinander und spähten lauschend zu ihm herüber. Warum musste das alles jetzt und hier besprochen werden? Hatte das nicht noch Zeit?

Pedro sah zu Rod auf. »Ich kann es mir vorstellen – wahrscheinlich geht es um Juanita?«

»Ja. Juanita wird noch lange im Spital bleiben müssen. Sobald es die Fortschritte und ihre körperliche Verfassung erlauben, möchten wir gerne das andere Bein operieren und die Knochen wieder gerade richten. Mit einem geraden Bein und einer Prothese auf der anderen Seite wird sie praktisch mühelos stehen und gehen können.«

»Mit einer ... einem Holzbein, nicht wahr?«

»Eine Prothese, ja. Früher waren sie aus Holz. Heute hat man da schon etwas raffiniertere Dinger aus Kunststoff, die sogar in Hautfarbe hergestellt werden. Natürlich muss die Prothese noch einige Male ausgewechselt werden, bis Juanita erwachsen ist, denn ihr eigenes Bein würde ja mit ihr wachsen, der künstliche Teil aber nicht. Glücklicherweise konnten wir ihr das Knie dran lassen. Das ist vor allem bei Kindern wichtig, damit das Wachstum des Oberschenkels nicht gestört wird.«

Pedro fühlte, wie seine Freunde verstummten. Obwohl Rod mit gedämpfter Stimme sprach, verstand man im engen Hof jedes Wort. Dass Juanita je würde gehen können, schien ihnen völlig unmöglich. Rod musste ein Wunderdoktor sein oder ein Zauberer.

»Wir möchten Juanita gern bei uns haben, bis sie ganz gesund ist«, sagte Rod und schaute Pedro in die Augen. »Für Inez bedeutet Juanita schon so etwas wie eine Schwester oder doch eine sehr gute Freundin. Ich wüsste gar nicht, wie ich ihr erklären sollte, warum sie nicht zu uns kommen kann. Und ehrlich gesagt, Pedro«, Rod ließ seinen Blick nochmals prüfend durch den Hinterhof schweifen, »was für dich gut ist, ist vielleicht für ein so kleines Mädchen wie Juanita nicht ganz das Richtige.«

Pedro sah zu Boden. Rod meinte es wirklich gut. Dennoch spürte Pedro einen dicken Kloß in seinem

Hals aufsteigen. »Ich weiß nicht, ob ich es aushalte ohne Juanita«, sagte er, »wir haben uns so aneinander gewöhnt, wir waren ja immer, immer zusammen. Ich glaube, Juanita wäre auch traurig, wenn sie mich nie mehr sehen könnte.«

»Aber wer redet denn davon? Selbstverständlich kannst du so oft bei uns sein, wie du möchtest. Überhaupt, das war nur ein Vorschlag. Ich dachte, dass es dir so am liebsten sei. Aber du kannst natürlich auch bei uns wohnen und ab und zu hierher kommen.«

»Nein«, wehrte Pedro rasch ab, »ich möchte schon hier bleiben. Ich verdiene für uns Hängematten«, schlug er mit plötzlicher Begeisterung vor und schaute fragend zu seinen Freunden hinüber. Die Tatsache, dass er etwas Richtiges arbeiten und sogar Geld verdienen konnte, erfüllte ihn mit Stolz.

Die anderen nickten. »Wir helfen dir«, versprach Antonio eifrig. »Ich male ein Schild: ›Caballeros Reparaturen‹, das hängen wir vorn am Palast über dem von Belmonts Weinhandlung auf!« Antonio begann schon wieder zu träumen und Pläne zu schmieden. Er fand sich sofort mit jeder neuen Situation ab und sah die Zukunft rosig vor sich, noch bevor sich in Wirklichkeit auch nur das kleinste bisschen geändert hatte.

»Zuerst könnt ihr Pedro die Daumen drücken am Donnerstag bei der Hauptverhandlung.« Rod holte die Bande wieder in die Wirklichkeit zurück. »Das wird noch ein harter Tag für ihn.«

»Was fragen die ihn denn?«, fragte Antonio neugierig.

»Wahrscheinlich muss er genau schildern, was mit

Juanita geschehen ist. Vielleicht fragt man ihn auch nach Teresa. Ich weiß auch nicht genau, wie die Verhandlung ablaufen wird. Sicher kommt es sehr drauf an, ob der »General« oder Manu Diablo ein Geständnis ablegen. Dann wäre vielleicht Pedros Zeugenaussage gar nicht nötig. Aber nach dem, was man über die Vorverhandlungen gehört hat, ist es sehr unwahrscheinlich, dass einer der beiden etwas zugibt. Morgen Abend wissen wir mehr. Dann besucht uns der Staatsanwalt.«

Die Besprechung

Am Montag wartete Pedro gespannt auf den Staatsanwalt. Ein bisschen hatte er auch Angst davor. Alle Wörter mit »Staat« machten Pedro Angst. Es klang so nach Macht und nach Polizei, niemand schien im Grunde genau zu wissen, was »Staat« bedeutete. Es bedeutete Land, Regierung, und doch wieder nicht nur so leere Begriffe, denn immer waren Menschen daran beteiligt; wenn man vor denen keine Angst hatte, musste man wohl auch vor dem »Staat« keine Angst haben. Damit war Pedro wieder bei seiner Vorstellung von einem »Staatsanwalt«, den er sich als eine Mischung zwischen einem Polizeipräsidenten und einem Filmstar dachte, herrisch, selbstbewusst.

Cata war den ganzen Nachmittag mit Vorbereitungen für das Nachtessen beschäftigt und schien etwas nervös. Auch das beunruhigte Pedro. Cata war sonst die Ruhe selbst und durch nichts aus dem Gleichgewicht zu bringen. Jetzt aber stand sie in der Küche, nahm dies und jenes zur Hand, legte es wieder weg, wechselte vom Spülbecken zum Tisch, vom Tisch zur Arbeitsfläche neben dem Kochherd, und das rasche Stakkato beim Zwiebelhacken, das sonst schon immer wie eine Gewehrsalve durch die Küche knatterte, klang so rasant, als trainiere Cata für eine Zwiebelhack-Weltmeisterschaft.

»Dass die aber wochenlang überhaupt niemanden anzubieten haben auf der Stellenvermittlung, ist unglaublich«, schimpfte sie vor sich hin. »Man sollte doch denken, dass für solche Fälle vorübergehend Ersatzpersonal vorhanden sein müsste. Weißt du«, sie wandte sich an Pedro, »ich habe schon lange nicht mehr allein ein Essen für eine wichtige Persönlichkeit gekocht. Das macht mich ganz nervös.«

Immer wieder sah sie nach der Uhr, und als Inez aus der Schule kam, wartete auf sie schon ein Köfferchen, gepackt mit Nachthemd, Teddy und Zahnbürste. Inez durfte bei einer Freundin in der Nachbarschaft schlafen. Das kam zwar hie und da am Wochenende vor, aber nie an einem Montag. Inez war ein bisschen beleidigt, dass man sie ausgerechnet jetzt wegschickte, wo doch ein so interessanter und geheimnisvoller Besucher erwartet wurde, aber die Aussicht, an einem ganz gewöhnlichen Wochentag auswärts schlafen zu dürfen, versöhnte sie bald. Eifrig plappernd hüpfte sie neben Cata her über den Weg zum Gartentor und bemerkte nicht einmal, dass Pedro ihr aus dem Fenster nachwinken wollte.

Als Rod am Abend nach Hause kam, fragte ihn Pedro, ob er den Staatsanwalt schon einmal gesehen habe.

»Aber sicher kenne ich Don Valdemar – warum?«, wollte Rod wissen.

»Wie sieht er aus? Eher wie ein Polizist oder wie ein Filmstar?«

Rod lachte laut auf. »Warum sollte er so aussehen? Don Valdemar und ein Filmstar! Weder ein Filmstar noch ein Polizist. Er sieht ungefähr so aus wie Sankt Nikolaus ohne Bart im Abendanzug. – Da fährt er übrigens gerade vor. Du brauchst dich vor ihm wirklich nicht zu fürchten.«

Draußen fuhr eine schwarze Limousine mit Weißwandreifen und blitzenden Chromteilen vor. Der Beifahrer sprang aus dem Wagen, kaum dass er richtig hielt, und riss den hinteren Schlag weit auf. Heraus zwängte sich ein kugelrunder Mann mit ziemlich kurzen Beinen, der sich mit einem großen weißen Taschentuch ausgiebig den Schweiß von Stirn und Nacken wischte und danach, mit dem Taschentuch in der Luft herumgestikulierend, dem Beifahrer etwas zu erklären schien. Zuletzt sah er auf die Armbanduhr und griff eilig nach einem kleinen hellbraunen Aktenkoffer. Der Beifahrer hielt ihm dienstbeflissen das Gartentor auf.

Rod und Cata erwarteten ihn an der Haustür. Laut und geschäftig begrüßte der Staatsanwalt die beiden schon vom Weg aus, als spare er damit Zeit. Er redete sehr schnell und beendete jeden Satz mit einem gurgelnden Lachen. Er stellte seinen Aktenkoffer neben die Garderobe, wusch sich in der Nische neben der Toilette mit kleinen, unruhigen Bewegungen die Hände, nahm sein Köfferchen rasch wieder auf, als gehöre es zu seinen Kleidungsstücken, und folgte Rod und Cata ins Esszimmer.

Pedro huschte zu seinem Platz. Auf dem besonders hübsch gedeckten Tisch stand bereits an jedem Platz ein gläserner Teller mit verschiedenen Salaten, sorgfältig angerichtet und dekoriert wie im nobelsten Restaurant. Pedro staunte, was Cata alles konnte.

Der Staatsanwalt schien gut gelaunt. Er setzte sich schnaufend, stopfte sich die gestärkte Serviette in den Kragen und tastete mit seinen kurzen Wurstfingern nach der Brille in der Brusttasche. Die setzte er auf und streckte dann neugierig seinen runden, kahlen Kopf über den Tisch. Pedro war, als strecke eine Schnecke ihre Fühler nach ihm aus.

»Das bist also du«, sagte er und strahlte Pedro an mit einem so plötzlichen warmen Lächeln, dass Pedro das Gefühl hatte, der Staatsanwalt könne sein Lächeln mit einem Schalter anknipsen und wieder löschen.

Er lächelte zurück, wusste aber nicht, was er sagen sollte. Cata nahm die Gabel und bedeutete Pedro stumm, mit dem Essen anzufangen, und Pedro, seine Gabel ungelenk in der Faust, war froh, dass die Erwachsenen untereinander allerhand Belangloses besprachen, bevor die Rede auf den Prozess kam.

»Das gibt wieder einmal einen Schauprozess, wie ihn Cartagena seit Jahrzehnten nicht gesehen hat«, sagte der Staatsanwalt und schien sich innerlich die Hände zu reiben. »Dank Ihrer Hilfe werden wir zweifellos endlich einmal wirksame Strafen verhängen können. Die Sache erregt Aufsehen in der Weltöffentlichkeit. Alle Hotels der Stadt sind ausgebucht von ausländischen Journalisten; wir müssen die Verhandlung in den großen Saal des Inquisitions-Palastes verlegen, damit wir alle unterbringen können.«

Pedros Kopf drohte zu zerspringen. Im Inquisitions-Palast? Und er, Pedro, musste dort, in jenem riesigen

Saal, vor allen Leuten Auskunft geben? Nein – das konnte er nicht.

Der Inquisitions-Palast war ein altes, wunderschönes Gebäude. Wenn er dort vorbeigehen musste, machte er immer einen Bogen um den Bolívar-Platz, damit er dem alten, sagenumwobenen Gemäuer nicht zu nahe kommen musste. Einmal, ein einziges Mal, hatte er sich aus Neugierde hinter einer Gruppe von Touristen hineingeschlichen. Er kannte den großen Gerichtssaal. Vorn war die Wand in der Mitte wie ein Bild bemalt. Darüber war ein dreieckiger Baldachin mit vielen aufgesetzten Wappen befestigt. Darunter stand wie ein Thron ein breiter Sessel und im hinteren Teil des Saales war an der inneren Seitenwand eine Kanzel aus dunklem Holz auf halber Höhe angebracht, eine mit reichen Schnitzereien verzierte Zinne, von der aus man bestimmt den ganzen Saal mit seinem schwarzweiß karierten Marmorboden überblicken konnte. Hier hatten in früherer Zeit Priester und Richter gemeinsam junge und alte Frauen nach schlimmen Folterungen im Keller des Palastes als Hexen angeklagt und zum Tod durch das Feuer auf dem Scheiterhaufen verurteilt.

Das alles hatte der Touristenführer erzählt und die Fremden tuschelten und schlichen im Saal herum; einige fotografierten den Thron und die Kanzel, die Wappen und die von Stuckaturen umrahmten hohen Fenster. Als der Führer ankündigte, man werde nun noch die Folterkammer besichtigen, flüchtete Pedro ins Freie. Seither war er nie mehr in die Nähe des Palastes gekommen; immer musste er an diese Kammer im

Keller denken, aus der in jenen längst vergangenen Zeiten Tag und Nacht Stöhnen und Schreie gedrungen waren. Er konnte nicht verstehen, wie heute Menschen einen solchen Raum betreten konnten, um die immer noch vorhandenen Folterwerkzeuge zu besichtigen.

Und nun würde er am Donnerstag dort stehen, wo die Hexen und ihre Ankläger gestanden hatten, und der ganze Saal würde voll von Reportern und Neugierigen sein, die hören wollten, was er gegen Manu Diablo zu sagen hatte.

Plötzlich bemerkte Pedro, dass ihn alle ansahen. Offenbar hatte der Staatsanwalt ihn etwas gefragt. Cata hatte die Salatteller weggeräumt und weißen Mais mit Kaninchenbraten aufgetragen. Sie wiederholte die Frage und nickte ihm ermutigend zu: »Juanita geht es doch gut, nicht wahr?«

»Ja, danke«, antwortete Pedro rasch und warf Cata einen dankbaren Blick zu, »in zwei Wochen kann man vielleicht schon das andere Bein operieren.«

Rod stimmte zu. »Sie macht gute Fortschritte. Wenn es Sie interessiert, Don Valdemar, kann ich Ihnen nachher den Fall von der medizinischen Seite her genau erklären; die Akten habe ich mitgebracht, auch die Röntgenaufnahmen.«

»Das ist mir sehr recht so«, sagte der Staatsanwalt höflich, »es ist wichtig, dass ich schon vor der Verhandlung über alle Details aufgeklärt bin. Von Pedro hätte ich gerne noch ein paar Fragen beantwortet. Wenn es nicht stört, bringen wir das gleich hinter uns.«

Pedro blieb der Kaninchenbissen im Hals stecken. Was, jetzt musste er Fragen beantworten?

»Von Teresa weiß ich nichts, wirklich nicht«, sagte er rasch.

»Das macht nichts. Ich glaube dir. Aber du hast deinem Freund da«, der Staatsanwalt deutete mit dem Messer auf Rod, »von der Unterhaltung zwischen dem Bettlerkönig und dem General erzählt, an dem Abend, als das mit Juanita passierte. Kannst du mir noch mal so genau wie möglich wiederholen, was die beiden gesprochen haben?«

Darüber brauchte Pedro nicht lange nachzudenken. Er konnte sich nicht vorstellen, je ein einziges Wort zu vergessen. »Eigentlich hat nur Manu Diablo gesprochen. Er sagte, in der Sache mit Teresa könne der General nicht auf ihn zählen. Die hätten schließlich ein Messer mit den Fingerabdrücken des Generals und nicht mit seinen eigenen. Daraus habe ich gemerkt, dass der General Teresa umgebracht haben muss und nicht ...«

»Halt!«, sagte der Staatsanwalt und hob Messer und Gabel wie zur Abwehr. »Wenn dich bei Gericht jemand fragt, musst du nur antworten, was wirklich gesagt wurde, und nicht, was du dir dabei gedacht hast. Verstehst du?« Pedro nickte.

Der Staatsanwalt senkte sein Besteck wieder zum Angriff auf sein Kaninchenbein. »Das Gericht zieht dann seine Schlüsse schon selbst. Du musst nur erzählen, wie es gewesen ist, sonst gar nichts. Hat Manuel de los Diablos das gesagt, bevor oder nachdem er Juanitas Bein zertrümmert hat?«

»Nachher«, sagte Pedro ohne zu überlegen. »Vorher fragte er mich nur nach Teresas Sachen, zweimal; beim zweiten Mal ermahnte er mich, noch einmal darüber nachzudenken, ob ich wirklich nichts wisse, aber er wartete gar nicht so lange, bis ich hätte nachdenken können, dann schlug er schon zu.«

»Juanitas Beine waren aber vorher schon gebrochen, sogar mehrmals, und wieder schief zusammengewachsen, nicht wahr?«

»Ja.«

»Und wer hat das getan?«

»Auch Manu Diablo. Vor zwei oder drei Jahren.«

»Wie bist du denn überhaupt an diesen Mann geraten?«

»Er hat mich und Juanita gekauft. Von meinem Großonkel, nachdem unsere Mama tödlich verunglückt ist.«

»Gekauft? Menschen kann man aber nicht kaufen, weißt du das nicht?«

»Er hat es so gesagt. Manu Diablo hat meinem Großonkel Geld gegeben, damit wir für ihn betteln gehen, und darum gehörten wir ihm.«

»Und dieser Großonkel – weißt du, ob er noch lebt?«

»Ich weiß nicht. Ich habe ihn auch vor Mamas Tod nicht gesehen. Er war plötzlich da und hat gesagt, Mama sei tot und er wäre ihr Onkel. Ich war noch klein, etwa sieben Jahre alt. Und dann sagte er, dass er uns zu einem Freund bringt, bei dem wir wohnen können. Nachher habe ich diesen Großonkel nie mehr gesehen.«

»Und wer war dieser Freund?«

»Eben – Manu Diablo.«

»Gut. Wenn ich dich das vor Gericht frage, so wäre ich froh, wenn du den ganzen Namen des Angeklagten nennst. Er heißt Manuel de los Diablos. Kannst du das behalten?«

»Aber sicher«, antwortete Pedro erleichtert. Es war nicht so schlimm, wie er es sich gedacht hatte. Es waren keine schwierigen Fragen. Er fasste Mut. Und der Staatsanwalt war freundlich wie ... was hatte Rod gesagt? Wie ein Sankt Nikolaus ohne Bart im Abendanzug.

Er beobachtete ihn, wie er sich befriedigt zurücklehnte und sich die Serviette aus dem Kragen riss, damit über das ganze Gesicht fuhr und sie schließlich zerknüllt neben den Teller legte. »Es war ein Gedicht, Catarina«, sagte er anerkennend und hob sein Weinglas genießerisch in ihre Richtung.

Cata lächelte zurück und neigte höflich den Kopf. »Süßigkeiten und Kaffee serviere ich Ihnen und Rod im Studierzimmer, wenn Sie Pedro nicht mehr brauchen. Wir ziehen uns dann lieber in die Küche zurück.«

»Aber gern, aber gern!« Der Staatsanwalt wuchtete seine Körperfülle mühsam empor und strich sich schmunzelnd über den Bauch. »Jetzt ein kleiner, starker schwarzer Kaffee und alle Sünden sind wieder vergeben ... Pedro hat es gut gemacht, ihn brauche ich gar nichts mehr zu fragen. Wir sehen uns dann am Donnerstag. Du musst überhaupt nichts tun, außer auf das zu antworten, was man dich fragt. Du brauchst nur die Wahrheit zu sagen, das genügt vollauf.«

Pedro atmete auf. Er half Cata, das Geschirr in die Küche zu tragen und setzte sich mit ihr an den Küchentisch.

»Es sieht fürchterlich aus hier«, sagte Cata seufzend nach einem Blick in die Runde, »aber wir schauen jetzt einfach für eine Viertelstunde weg und genießen die Torte.« Sie schnitt sich und Pedro zwei große Stücke ab und schenkte sich eine Tasse Kaffee ein. »Auch?«, fragte sie und hielt fragend die Kaffeekanne in geneigter Stellung, aber Pedro schüttelte den Kopf. Er war müde. »Na ja, ich werde heute hier nichts mehr anrühren. Erst essen wir mal unsere Torte. Und dann geh du nur bald zu Bett.« Cata strich sich das Haar aus der Stirn und massierte sich gedankenverloren ihren Nacken.

Bei Gericht

Pedro wusste nicht, ob er den Donnerstag herbeisehnte, damit er endlich vorüber wäre, oder ob er ihn lieber noch etwas vor sich hergeschoben hätte. Jeden Tag durchstöberte er aufs Neue das Haus nach Dingen, die geflickt werden mussten, und es schien sich immer wieder etwas zu finden. Sein besonderes Interesse erregte eine Kuckucksuhr. Es dauerte eine ganze Weile, bis Pedro herausfand, wie sie funktionierte.

In der Nacht vom Mittwoch auf den Donnerstag träumte Pedro ein fürchterliches Durcheinander. Zum großen Saal des Inquisitions-Palastes musste man vier oder fünf Stufen hinuntersteigen. Es war dämmrig und roch nach Wein, aber mitten im Saal war ein langer Tisch aufgebaut, darauf standen Tintenfässer mit imposanten breiten Gänsekielen, wie man sie früher zum Schreiben brauchte. Hinter dem Tisch saßen Männer, vermutlich Richter, in schwarzen Talaren und altmodischen Perücken. Ein Teil der Männer trug weiße Halskrausen, wie Pedro es auf alten Bildern schon gesehen hatte, die anderen hatten gestärkte Damastservietten umgebunden und in den Händen hielten sie Messer und Gabel statt Federn zum Schreiben. Einer der Richter sagte zu Pedro, er solle sich gefälligst hinlegen, das sei gesünder.

Hinter den Richtern auf dem thronartigen Stuhl saß

Ramon in gemütlicher Haltung, ließ ein Bein über die Lehne baumeln und nagte laut schmatzend an einem Kaninchenbein. Über dem Thron waren statt der Wappen und dem Baldachin farbige Bilder von Elvis Presley an die Wand gemalt. Ramon schien sich um das ganze Geschehen nicht zu kümmern. Pedro glaubte schon, mit ihm und den Richtern ganz allein im Saal zu sein, als sich plötzlich weiter hinten an der Wand etwas regte. Er drehte sich um und sah auf der Kanzel Felipe stehen, und er zappelte kein bisschen, sondern sagte mit einer eleganten Verbeugung: »Meine sehr verehrten Herren, ich habe Ihnen etwas Wichtiges mitzuteilen. Mir ist übel«, und damit stieg er torkelnd über die Treppe der Kanzel in den Saal herunter.

Pedro rannte schreiend auf ihn zu, rief: »Nein, Felipe, nicht!« Er wollte ihn auffangen, aber in diesem Augenblick erwachte er schweißgebadet in seinem völlig zerwühlten Bett.

Pedro ging ins Badezimmer und stellte sich unter die kalte Dusche, bis die seltsamen Bilder der Nacht in seinem Kopf verblassten. Dann zog er die Kleider an, die Cata ihm am Abend bereitgelegt hatte. Sie hatte ihm eine schwarze Turnhose aus glänzendem Nylonstoff gekauft. Dazu durfte er ein weißes Hemd von Rod anziehen, das ihm natürlich viel zu groß war. Die Ärmel waren zu lang und der Kragen viel zu weit. Aber er krempelte die Ärmel bis über die Ellbogen zurück und ließ den Kragen offen stehen. So sah er ein bisschen aus wie Elvis auf dem einen Foto, das über Ramons Laubsack aufgehängt war.

Pedro sah sich im Spiegel und lächelte sich zu. Wer

hätte noch vor zwei Wochen gedacht, dass er jemals so eitel würde?

Etwas mehr Mühe machten ihm die Schuhe. Cata, mit ihren kleinen, zierlichen Füßen, hatte etwa die gleiche Schuhgröße wie Pedro und schon am Anfang hatte sie ihm ein Paar hübsche weiße Turnschuhe aus ihrer ansehnlichen Schuhsammlung überlassen und natürlich auch weiße Socken dazu. Pedro fand, dass er darin überaus elegant aussah, aber seine Füße, für die das Gefühl von Schuhen etwas ganz Neues war, fühlten sich gar nicht wohl. Bisher hatte er die Turnschuhe nur angezogen, wenn Cata darauf bestand.

»Das kommt mir vor, wie wenn man mir Mund und Nase und die Augen verbinden würde«, hatte er Inez erklärt und Inez hielt sich den Bauch vor Lachen. »Aber mit den Füßen sieht und atmet man doch nicht!«

Sie konnte so lachen wie Juanita, mit hoher Stimme wie ein Glöckchen und über eine ganze Tonleiter hinunterklingelnd.

Nun, er hatte versprochen, für den Tag bei Gericht die Schuhe anzuziehen, und er hielt sein Versprechen. Zuletzt kämmte er einen Scheitel in sein feuchtes Haar und nun sah er aus wie Antonio und Felipe, wenn sie sich für ihre »Flugplatzmasche« vorbereiteten.

Ein feiner Pinkel war er geworden, in der Tat. Vielleicht glaubte man ihm bei der Verhandlung gar nicht, dass er zu Manu Diablo gehört hatte. Zu Manuel de los Diablos, korrigierte er sich; er musste sich jetzt an diesen Namen gewöhnen.

Ihm war ganz feierlich zu Mute, als er gegen zehn Uhr mit Rod zur Garage ging. Cata blieb zu Hause, obwohl der Staatsanwalt ihr angeboten hatte, für sie einen Platz zu reservieren.

»Ich würde es nicht aushalten«, sagte sie, »ich bin schon nervös genug, wenn ich mir diesen Saal und die vielen Leute nur vorstelle. Geh, Pedro, behüt dich Gott, ich drücke dir die Daumen.« Sie hielt Pedros Hand zum Abschied etwas länger als sonst und ihre dunklen Augen glitzerten feucht wie die winzigen schwarzen Muscheln, die sich an den steinernen Hafenmolen unter der Wassergrenze festgesetzt hatten.

Die Stadt glich mehr denn je einem Ameisenhaufen und vor dem alten Gerichts-Palast war das Durcheinander komplett. Auf den Straßen rings um den kleinen, quadratisch angelegten Stadtpark mit dem Denkmal für den Befreier Simon Bolívar parkten Autos kreuz und quer, obwohl hier überall Halteverbot war. Kameraleute von ausländischen Fernsehanstalten mit riesigen Apparaten auf den Schultern stritten sich mit Regisseuren und Tontechnikern über den besten Standplatz für ihren Berichterstatter. Straßenverkäufer boten alles feil von Äpfeln bis zu geschmuggelten Zigaretten, Taxis hupten wütend in den verstopften Zufahrtsstraßen, weil sie weder vor- noch rückwärts weiterkonnten.

Rod hatte auf Anweisung des Staatsanwaltes den Wagen außerhalb der Stadtmauer abgestellt und brachte Pedro zum Hintereingang des Gerichtsgebäudes. Auch der Hintereingang wurde von zwei uniformierten Polizisten mit Maschinenpistolen bewacht.

Rod musste ein Schreiben vorweisen, bevor man ihn mit Pedro einließ.

Der Innenhof war dämmrig; zu dieser Morgenstunde erreichte die Sonne nur das oberste der drei Stockwerke. In allen Etagen liefen Balkone rings um den ganzen Innenhof und von allen Balkonen wucherten Grünpflanzen über die Geländer, so dass es aussah, als ergieße sich auf allen vier Seiten ein hellgrüner Wasserfall hinunter auf den grob gepflasterten Platz.

Der große Saal befand sich im ersten Stock. Eine lange, hölzerne, weiß gestrichene Außentreppe verband das Erdgeschoss mit den Balkonen darüber und Pedro bahnte sich mit Rod einen Weg durch herumstehende Menschen, vorwiegend Männer. Einige von ihnen rauchten und erzählten anderen mit gedämpfter Stimme, was im Saal gerade vor sich ging, andere wiederum redeten Sprachen, die Pedro noch nie gehört hatte.

An der Tür zum Saal zeigte Rod wieder seinen Brief vor und fragte etwas mit leiser Stimme. Der Beamte drehte sich um und wies über den Hof auf eine Tür auf der gegenüberliegenden Seite des Balkons. Wieder pflügten sich die beiden durch die Menge. Unter neugierigen Blicken der Umstehenden wurden sie in ein großes Zimmer mit vergitterten Fenstern eingelassen.

»Dies ist der Warteraum für Zeugen.« Der Polizist gab Rod seinen Zettel zurück. »Ich habe Sie darauf aufmerksam zu machen, dass es den Zeugen untersagt ist, sich hier in diesem Raum miteinander zu unterhalten.«

Rod nickte und wies Pedro stumm einen Platz zu.

Nun mussten sie warten, bis sie an die Reihe kamen. Das konnte bald sein, es konnte aber auch noch eine oder zwei Stunden dauern. Oder länger. Pedro wusste nur, dass er vor Rod drankommen würde.

Er setzte sich kerzengerade hin und schaute auf seine Hände. Hin und wieder zupfte er sein Hemd zurecht, legte den Kragen anders, setzte die Füße exakt nebeneinander, dann wieder schräg auseinander, besah sich die bemalte Zimmerdecke oder die beiden Frauen, die schon vor ihnen da gewesen waren und in der Nähe der Tür auf einer Bank Platz genommen hatten.

Sie waren beide stark geschminkt und trugen so hochhackige Schuhe, dass sie bestimmt nur auf den Zehenspitzen gehen konnten. Die jüngere trug einen kurzen schwarzen Rock und eine dünne weiße Spitzenbluse, durch die man den schwarzen Büstenhalter erkennen konnte. Die andere war älter und ziemlich dick und ihr rotes Strickkleid war eng und schmuddelig und betonte die üppigen Fettwülste an ihrem Körper.

Die beiden Frauen waren vermutlich Teresas Freundinnen gewesen, von denen es hieß, sie hätten Teresa an jenem Abend als Letzte noch lebend gesehen. Beide wurden bald aufgerufen und nacheinander von einem Beamten abgeholt. Sie kamen nicht mehr zurück.

Nach einer weiteren halben Stunde öffnete sich die Tür aufs Neue. In Pedros Körper spannte sich jeder Muskel. Vielleicht, dachte er, kamen auch nur neue Zeugen, die hier warten mussten. Aber es war der Polizeibeamte, der ihn abholen wollte. Pedro fühlte sich, als wäre er derjenige, der hier verurteilt würde.

»Kopf hoch, Pedro!« Rod legte aufmunternd eine Hand auf Pedros Schulter.

Pedro stand auf, schob die Ärmel hoch, sah nach, ob die Schnürsenkel seiner Turnschuhe gut gebunden waren, und befahl sich, einen Fuß vor den anderen zu setzen und einfach überhaupt nichts zu denken. Er folgte dem Uniformierten auf den Balkon.

Draußen standen noch mehr Leute als vorher, und als Pedro in der Tür erschien, ging ein erstauntes Raunen durch die Reihen. »Der Hauptzeuge ist ein Kind!«, rief ein Reporter, der direkt vor Pedro stand, in den tiefer gelegenen Hof hinunter, und wie ein Ball wurde der Satz aufgefangen und weitergegeben, zum Tor und durch das Tor hinaus auf den Bolívar-Platz.

Der Weg bis zum Saaleingang schien Pedro furchtbar lang. Alle starrten ihn an, verblüfft, verwundert, abschätzend. Die Tür zum Saal wurde geöffnet. Pedro musste an seinen Traum denken. Vor dem Thron war ein langer Tisch aufgestellt, genau wie in seinem Traum. Statt Tintenfässern und Federn lagen Papiere, Aktenmappen und Kugelschreiber herum und die Männer – es waren lauter Männer –, die hinter dem Tisch saßen, hatten tatsächlich zum Teil solche schwarzen Mäntel an, wie er sie im Traum gesehen hatte. Unwillkürlich drehte er sich um und schaute nach der Kanzel; es hätte ihn überhaupt nicht gewundert, wenn Felipe dort gestanden und eine Ansprache gehalten hätte. Aber Felipe war nicht da; stattdessen waren auf dem Geländer der Kanzel eine Kamera und ein ganzer Strauß von verschiedenen Mikrofonen montiert.

Der Saal war zum Bersten voll gestopft mit Menschen. Die Luft war zum Schneiden und die Hitze wurde durch die wenigen elektrischen Ventilatoren, die den Wänden entlang aufgestellt waren, höchstens gleichmäßig verteilt. Ein scharfer säuerlicher Geruch von Schweiß hing in unsichtbaren Wolken über dem Raum.

Auf einer Bank unter dem hohen verzierten Fenster vorn neben dem Richtertisch saßen der »General« und Manu Diablo. Zwischen ihnen und zu beiden Seiten waren Beamte postiert, in schwarzen Uniformen mit weißen Pistolenhalftern und goldenen Tressen an den Schulterpatten.

Pedro sah rasch weg und suchte mit den Augen nach dem Staatsanwalt. Er saß genau auf der anderen Seite des Tisches. Vor dem Tisch in der Mitte war eine schmale hölzerne Schranke aufgebaut, die Erwachsenen etwa bis in Brusthöhe reichen mochte.

Der Richter forderte Pedro auf, in den Zeugenstand zu treten, und der Polizist geleitete ihn zuvorkommend hinter das seltsame Gerüst. Ein leises Lachen ging durch den Saal: Das Brett war genau vor Pedros Augen, so dass er, wenn er hier stehen blieb, überhaupt nichts mehr sehen konnte. Der Richter lächelte ebenfalls. Er machte eine Bemerkung, die das Lachen hinter ihm noch anschwellen ließ; Pedro hatte sie nicht verstanden. Der Richter winkte ihm, zu ihm an den Tisch zu kommen.

Pedro musste seinen vollen Namen angeben und bestätigen, dass er mit den Angeklagten nicht verwandt und nicht verschwägert sei. Er wusste nicht recht, was er mit dieser Frage anfangen sollte, und

schickte einen Hilfe suchenden Seitenblick nach dem Staatsanwalt, aber der nickte zustimmend und so bestätigte Pedro dem Richter alles, was er wollte.

»Kennst du einen der Angeklagten?«, fragte der Richter.

Pedro nickte.

»Darf ich dich bitten laut mit Ja oder Nein zu antworten, weißt du, der Herr dort«, er wies auf einen kleinen Tisch neben der Anklagebank, an dem ein junger Mann auf einer seltsamen Schreibmaschine ganz lautlos tippte, »der Herr schreibt alles auf, was hier gefragt und geantwortet wird, aber Nicken und Kopfschütteln kann man nicht aufschreiben. – Also?«

»Ja«, sagte Pedro so laut, dass er fast selber erschrak.

»Kannst du mir ihre Namen nennen?«

»Der eine heißt Manuel de los Diablos«, antwortete Pedro, »der andere«, er stockte, »ich weiß nicht, wie er heißt. Man nennt ihn den General.«

»Zur Sicherheit muss ich dich bitten, zur Anklagebank hinüberzugehen und den Angeklagten, den du als General kennst, mit der Hand zu berühren. Würdest du das bitte tun?«

Pedro nickte, schaute dann zu dem Mann an der Schreibmaschine und sagte laut: »Ja.« Steifbeinig stakste er quer durch den Saal und es schien ihm, als hätte er noch nie im Leben einen so langen Weg allein gehen müssen.

Fernsehkameras schnurrten in den vordersten Bänken; einer der Reporter kauerte sogar vor ihm auf dem Boden und Pedro spürte, wie sich das große glänzende Glasauge mit einem hohen Sirren langsam zu drehen begann und sich näher an sein Gesicht schraubte, während er weiter einen Fuß vor den anderen setzte. Als er bei der Anklagebank ankam, zwang er sich, dem »General« in die Augen zu sehen.

Der »General« jedoch starrte geradeaus, als wäre Pedro überhaupt nicht vorhanden. Er sah aus wie eine Wachsfigur.

Pedro berührte ihn leicht am Oberarm und schaute dann fragend zum Richtertisch hinüber.

»Danke. Du kannst wieder herüberkommen.« Der Richter notierte sich etwas und lehnte sich dann in seinem Sessel zurück.

Pedro stand im Nu wieder vor ihm und wartete auf neue Fragen. Im Saal war es mucksmäuschenstill.

»Stimmt es, dass du eine Schwester hast, Juanita, sechs Jahre alt, zur Zeit auf der Chirurgischen Station der Städtischen Klinik?«

»Ja, das stimmt.«

»Und entspricht es der Wahrheit, dass Juanita von den Angeklagten mehrmals aufs Gröbste misshandelt wurde, zum Beispiel, dass ihr beide Beine gebrochen wurden?«

»Nein – es waren nicht beide Angeklagten. Es war nur Manuel de los Diablos.« Pedro bemühte sich, deutlich zu sprechen.

Drüben auf der Anklagebank kam Bewegung in die Gruppe. Manu Diablo sprang auf und brüllte wütend: »Das ist nicht wahr! Diesen Bengel habe ich in meinem Leben noch nie gesehen. Es ist bereits erwiesen, dass der General Teresa umgebracht hat. Ich habe mit der ganzen Angelegenheit überhaupt nichts zu tun.

Wenn er da auch noch die Schwester von diesem … diesem …« Er schoss hasserfüllte Blicke nach Pedro und schnappte erregt nach Luft. Kleine weiße Bläschen aus Speichel klebten in seinen Mundwinkeln. »Wenn er sich an irgendwelchen Kindern zu schaffen gemacht hat – ich habe damit nichts zu tun. Ihr wollt mich nur …«

Die beiden Polizisten an seiner Seite fassten mit eisernem Griff seine fuchtelnden Arme. Sie drückten Manu Diablo wieder auf seinen Sitz und befahlen ihm zischend zu schweigen.

»Jetzt reicht's mir aber!«, kreischte der »General« nun unvermittelt los und schoss von seinem Sitz hoch. »Du hundsföttischer Teufel, was denkst du dir eigentlich, wie lange ich dich decke! Gut, ich habe es bereits zugegeben, dass ich Teresa erstochen habe, wie du mir befohlen hast; ich weiß, was mich erwartet. Aber dafür sollst du mir nicht ungeschoren davonkommen. Ich war vor zwei Wochen dabei, ich habe es selbst gesehen: Du warst es, der die Kleine so zugerichtet hat, und ich kann auch weitere Zeugen nennen, wenn – Herr Verteidiger …« Der »General« schöpfte tief Luft, als hätte er sich eben entschlossen, ein ganz neues Leben zu beginnen, und wandte sich an den ihm am nächsten sitzenden Juristen am Richtertisch. »Herr Verteidiger, kann ich als Kronzeuge aussagen?«

Der Angesprochene im schwarzen Talar wandte sich zur Angeklagtenbank um und hob die Hände mit nach oben gekehrten Innenflächen. »Leider nein«, sagte er salbungsvoll, »nicht während des Prozesses – dazu hätten Sie sich schon früher entschließen müssen.«

Klatschend ließ er die Hände auf den Tisch fallen und wandte sich wieder dem Publikum zu.

Der Richter nahm von dem Zwischenfall überhaupt keine Notiz. Er fuhr mit seiner Befragung fort, als ob nichts gewesen wäre.

»Also, bleibst du bei dem, Pedro, was du ausgesagt hast: Es war Manuel de los Diablos, der Juanita die Beine gebrochen hat. Wann zum letzten Mal?«

Pedro rechnete an seinen Fingern. »Sechzehn. Vor sechzehn Tagen. Es war ein Dienstag, nein, ein Montag. Am Dienstag wurde ihr dann das Bein weggenommen. Siebzehn Tage ist es her.« Pedro drohte ins Stottern zu geraten.

»Gut. Nachdem nun diese Zeugenaussage in unvorhergesehener Weise auch noch durch die Anschuldigungen des Mitangeklagten bestätigt wurde, wird der Herr Verteidiger wohl in diesem Punkt auf die Vernehmung weiterer Zeugen verzichten, nicht wahr?« Der Richter beugte sich mit steifem Rücken vor und sah hinüber.

Der Verteidiger betrachtete gelangweilt seine Fingernägel. »Ich verzichte«, antwortete er mit einem Seufzer.

»An jenem Abend, als die Geschichte mit Juanita passierte – du erinnerst dich? –, wurde da von einem der Beteiligten etwas über Teresa gesprochen?«

Pedro kramte angestrengt in seinen Erinnerungen. Etwas von einer heißen Kartoffel hatte Manu Diablo zum »General« gesagt.

»Ich glaube, Teresas Name wurde nicht ausgesprochen. Manu Diablo hat – Manuel de los Diablos sagte zum General, dass er nicht auf ihn zählen könne, er lasse eine heiße Kartoffel fallen, oder so etwas, und er solle nicht vergessen, dass es ein Messer mit den Fingerabdrücken des Generals gebe, nicht mit seinen eigenen.«

»Genau, genau! Da habt ihr's!« Der »General« schoss wieder von seinem Platz auf und stach mit dem Zeigefinger vor sich in die Luft, als könnte er Pedros Worte aufspießen. »Der Kerl hat mich erpresst, ihr hört ja nun selbst!« Wieder griffen die Uniformierten ein und zwangen nun auch den »General« mit geübtem Griff auf die Bank zurück.

Im Publikum brodelte es. Der Richter schlug mit dem Hammer auf den Tisch und befahl Ruhe im Saal.

»Das Gericht nimmt die erhaltenen Hinweise des Angeklagten zur Kenntnis«, sagte er. »Der Fall Teresa Gutierrez steht aber im Augenblick nicht zur Debatte. – Pedro, das Gericht nimmt deine Aussagen zu Protokoll, das heißt, was du gesagt hast, wird hier aufgeschrieben. Vereidigt wirst du nicht, das ist bei Minderjährigen nicht üblich. Du hast doch in allen Punkten die Wahrheit gesagt, nicht wahr? Denk daran, dass deine Angaben für das Strafmaß der beiden Angeklagten sehr entscheidend sein werden. Das heißt...« Wieder versuchte er, seine Amtssprache für Pedro verständlich zu machen: »Wenn du etwas Falsches gesagt hast, werden sie vielleicht für etwas eingesperrt, das sie gar nicht getan haben, und das möchtest du ja sicher auch nicht. Ich frage dich also noch einmal, ob du in allen Punkten – in allem, was wir dich hier gefragt haben – die Wahrheit gesagt hast?«

Pedro nickte. »Ja«, sagte er laut, »ich habe die Wahrheit gesagt – und nichts als die Wahrheit«, fügte er feierlich hinzu. Irgendwann hatte er gehört, dass man bei Gericht so sagt.

»Dann kannst du dich jetzt setzen. Wenn du willst, kannst du der Verhandlung weiter beiwohnen. Du kannst aber auch den Saal verlassen. Du bist ganz frei zu gehen, wohin du willst. Persönlich möchte ich dir hier vor dem ganzen Publikum sagen, dass ich deinen Mut für diese Aussagen bewundere. Ich weiß, dass es hier zu Lande in gewissen Kreisen sehr schwierig ist, gegen die Mächte von Bosheit und Armut anzukämpfen, aber wenn sich die Jugend an dir ein Vorbild nimmt, wird es – davon bin ich überzeugt – schon in der nächsten Generation besser aussehen. Ich danke dir.«

Wie betäubt drehte sich Pedro um und ging zur Zeugenbank. Die Leute standen auf, klatschten, stampften und schrien. Lautlos begleiteten die Objektive der Kameras den Jungen, bis er sich setzte, und blieben auf sein Gesicht gerichtet, bis der nächste Zeuge aufgerufen wurde.

Als Nächster kam Rod an die Reihe. Pedro atmete tief auf, als die neugierigen Riesenaugen von ihm abgezogen wurden und auf den Zeugenstand umschwenkten.

Rod musste seine ganze Geschichte, wie und unter welchen Umständen er Pedro kennen gelernt hatte, nochmals von vorn erzählen und er verfehlte auch die beabsichtigte Wirkung nicht, als er mit erhobener Stimme zu bedenken gab, was das für eine Gesellschaft sei, in der sich Kinder hinter Flüchtlingen verschanzen mussten, um zu ihrem Recht und zu einer dringend nötigen ärztlichen Behandlung zu kommen. Beifall brandete durch den Saal, fordernde Rufe wurden laut.

»Ruhe, zum letzten Mal, sonst lasse ich den Saal räumen!«, drohte der Richter ärgerlich und streckte die Hand erneut nach dem Hammer aus. »Wir wollen doch die Sitzung nicht in eine politische Demonstration ausarten lassen.«

Rod reichte die Röntgenbilder von Juanitas Beinen über den Tisch. Sie wurden als Beweismaterial nummeriert, registriert und von Sachverständigen vor einem beleuchteten Glaskasten begutachtet. Rod wurde nun fast zwanzig Minuten lang ausgefragt. Er erklärte dem Gericht vieles, von dem Pedro nichts verstand. Aber er spürte, wie die Menschenmenge hinter ihm aufgeregt zu flüstern begann und sich zunehmend empörte. Buh-Rufe ertönten, jemand pfiff zum Zeichen der Missbilligung gellend durch die Finger und eine Frauenstimme schrie sogar: »Hängt ihn auf, diesen Hund!«

Der Richter erhob sich. Ein Saaldiener schlug an die Glocke. Sofort wurde es still. Dann standen die Herren hinter dem Tisch auf, und während sich alle Zuschauer im Saal feierlich von den Plätzen erhoben, gingen die Anwälte und Richter hintereinander durch die Tür hinaus. Das Gericht zog sich zur Beratung zurück. Danach wurden auch die beiden Angeklagten abgeführt. Manu Diablo sah zur Seite, als er an Pedro vorbeigehen musste.

Rod kam zu Pedro und nahm ihn bei der Hand. »So«, sagte er erleichtert, »das wäre überstanden.«

»Braucht man uns jetzt nicht mehr?« Pedro konnte es kaum fassen. Es war so leicht gewesen.

»Wir holen uns jetzt unser Zeugengeld ab, dann sind wir alle Verpflichtungen los.«

»Zeugengeld?« Davon hatte Pedro nichts gewusst.

Das Büro, in dem die Zeugengelder ausgezahlt wurden, lag beim Eingang unten neben dem Hauptportal. Pedro und Rod bekamen jeder gleich viel Geld, Rod steckte es achtlos in die Tasche seines Sakkos, als schäme er sich, überhaupt Geld anzunehmen.

Für Pedro war es ein Vermögen. Er hatte noch nie so viel Geld besessen.

»Am liebsten würde ich jetzt gleich Antonio und den anderen alles erzählen.«

Rod sah ihn aufmerksam an. »Das kannst du tun, wenn du willst. Du bist frei. Du kannst gehen, wohin du willst, du hast es ja gehört. Und ich bin sicher, Manu Diablo wird dir nicht so schnell wieder über den Weg laufen. Ich möchte noch hier bleiben, bis das Urteil verkündet wird. Ich komme dann zu dir in den Palast und zu deinen Freunden, um dir zu erzählen, wie es ausgefallen ist. Einverstanden?«

Freiheit

Pedro hatte das Gefühl, als müsse in ihm etwas zerspringen vor lauter Erleichterung. Ohne sich von Rod richtig zu verabschieden rannte er los, quer durch den Park mit dem Denkmal, durchs Handelsquartier, das »Reloj«, zum Stadttor und dann am Hafenkai entlang bis zum »Palast«. Es dauerte keine zehn Minuten, bis er völlig außer Atem dort ankam. Zu Hause, dachte er, als er an der hellblauen Fassade emporsah, und er fühlte sich glücklich. Ihm war so, wie wenn nach einem asthmatischen Anfall die Atemnot endlich nachließ und die Brust wieder frei und leicht wurde.

Die Bande begrüßte ihn mit großem Hallo. Pedro musste alles ganz genau erzählen und immer wieder beschreiben, was für ein Gesicht Manu Diablo gemacht hatte. Ramon, der sonst eher zurückhaltend war, klopfte ihm anerkennend auf die Schulter. Antonio wirbelte um seinen Freund herum und konnte es kaum fassen, dass Pedro jetzt wirklich bei ihnen bleiben durfte. Er holte eine große Dose Essiggurken unter seinem Weinkisten-Bett hervor, zur Feier des Tages, wie er sagte.

Ramon zog seinen Büchsenöffner aus der Hosentasche und hebelte mit gekonnten Bewegungen den Büchsendeckel auf. Der Inhalt duftete würzigsäuerlich und allen lief das Wasser im Mund zusammen.

Felipe steuerte einen Kanten Brot bei, der so steinhart war, dass man kurzerhand beschloss, das Ganze am Stück im Essigsaft der Gurken einzuweichen, und als Krönung des Festmahls brachte Diego einen Zipfel Wurst, der in kleine Scheiben geschnitten und gerecht verteilt wurde.

»Und jetzt noch ein Stück Sahnetorte!« Antonio rollte genießerisch die Augen und küsste die Fingerspitzen.

Pedro fiel plötzlich das viele Geld in seiner Tasche ein, von dem er noch gar nichts erzählt hatte. »Wartet einen Augenblick, ich bin gleich zurück.« Bevor die anderen noch etwas fragen konnten, war er schon im Hofeingang verschwunden.

Im »Reloj« gab es ein lang gezogenes Gebäude mit geschwungenen Laubengängen und Läden. Einer dieser Läden gehörte einem Konditor, der seine Kunstwerke jeden Tag aufs Neue ausstellte. Pedro machte meist lieber einen Bogen um diese Konditorei. Er hatte gelernt, all den verlockenden Dingen, die er ja doch nicht bekommen konnte, besser aus dem Weg zu gehen.

Diesmal aber ging er schnurstracks hinein und verlangte eine Sahnetorte. Es war ihm egal, wenn sie sein ganzes Geld aufbrauchen würde; dieses eine Mal wollte er seinen Kameraden etwas Außergewöhnliches bieten.

Er war ganz außer Atem und der Konditor sah ihn misstrauisch von oben bis unten an, so dass sich alle Leute, die im Laden standen, nach ihm umdrehten.

Plötzlich zeigte eine Frau mit dem Finger auf ihn

und sagte laut: »Das ist er. Das ist der Hauptzeuge von heute Morgen, ihr könnt es mir glauben oder nicht, ich hab mir die Übertragung des Prozesses im Fernsehen angeschaut!« Triumphierend schaute sie in die Runde. »Du heißt doch Pedro, nicht wahr, und warst heute Morgen bei Gericht?«

»Ja«, antwortete Pedro verwundert.

Die Leute kamen immer näher, redeten durcheinander, streichelten seine Haare und lobten seinen Mut.

Passanten, die bemerkten, dass im Laden etwas Ungewöhnliches vor sich ging, bekamen plötzlich Lust nach Süßigkeiten und im Handumdrehen war der Laden voll und vor dem Schaufenster bildete sich eine Traube von Schaulustigen, die neugierig ihre Hälse reckten.

Pedro versuchte den drängenden Menschen und den schwitzenden Händen auszuweichen.

Die Hand des Konditors zog ihn hinter den Ladentisch. »Hier deine Torte, ich schenk sie dir, du Fernsehstar – sieh nur, wie viel Kundschaft du mir gebracht hast!« Er blinzelte gut gelaunt über die Tischplatte und zeigte Pedro einen Weg zum Hinterausgang. »Guten Appetit«, wünschte er und schloss die Hintertür von innen wieder zu.

Pedro fand den Weg rasch wieder und hielt sich den Karton mit der Torte über den Kopf wie ein Sonnendach. So lag sein Gesicht im Schatten. Er legte keinen Wert darauf, auf dem Heimweg noch öfters erkannt und angehalten zu werden.

Als er im Hinterhof des »Palastes« ankam, verschwanden gerade die letzten essiggetränkten Brot-

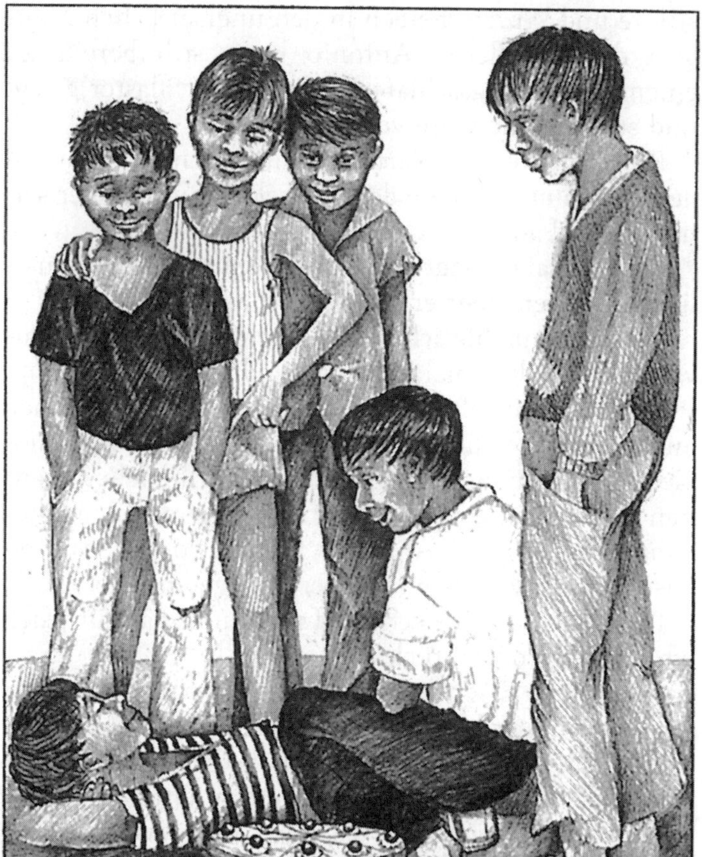

stücke und Wurstscheiben in den unersättlichen Mäulern der Caballeros. Antonio hatte sich bereits zu einem Verdauungsschläfchen flach aufs Pflaster gelegt und streckte alle viere von sich.

Pedro stellte den Karton behutsam neben ihn auf den Boden und öffnete den Deckel. Dann tippte er seinen Freund an.

»Ich schlafe«, sagte der und versuchte ein künstliches Gähnen, aber er musste lachen.

»Dann empfehle ich dir, für einen Moment aufzuwachen und dich mal kurz umzuschauen.«

Antonio blinzelte, dann setzte er sich blitzschnell auf. Es war herrlich zu sehen, wie sich auf Antonios Gesicht ungläubiger Schreck in unverhohlenes Staunen verwandelte. Pedro war in diesem Augenblick ganz sicher, dass er Antonios fassungslosen Gesichtsausdruck nie vergessen würde, solange er lebte.

Die Sahnetorte verschwand im Nu. Es gab für jeden ein richtig großes Stück.

Nach dem Essen warteten sie weiter auf Rod. Die gute Stimmung hielt noch eine Weile vor, aber als die Stunden vergingen, begann sich Pedro zu fragen, ob Rod wohl sein Versprechen vergessen hatte. Er konnte sich gar nicht vorstellen, dass Rod so etwas Wichtiges vergessen könnte. Oder brauchte das Gericht so lange Zeit, um einen Urteilsspruch zu fällen? Irgendetwas konnte da nicht stimmen. Pedro wurde so müde, als ob er alle Müdigkeit seit Tagen aufgespart hätte und jetzt alles auf einmal über ihn käme.

Es begann zu dämmern und die Caballeros wurden merkwürdig still. Da wurden sie plötzlich durch lautes

Hupen aufgeschreckt. Pedro erkannte sofort das näselnde Horn von Rods altem Amerikaner. Er rannte auf die Straße, die anderen hinter ihm her. Alle Müdigkeit war verflogen.

»Ich hätte nicht gedacht, dass es so lange dauern würde«, sagte Pedro und fiel Rod um den Hals, als dieser den Schlag öffnete, um auszusteigen. Aber was war mit dem Auto los? Es war bis oben hin voll gepackt mit Körben und Kisten.

»Es hat gar nicht so lange gedauert. Der Urteilsspruch wurde gleich nach der Mittagspause verkündet. Aber lasst uns doch erst mal reingehen. Jeder soll sich vom Rücksitz und aus dem Gepäckraum gleich ein Stück Arbeit mitnehmen.«

»Arbeit? Was für Arbeit?« Pedro begriff nicht.

»Was, denkst du, habe ich den ganzen Nachmittag gemacht? – Ich bin bei mindestens einem Dutzend Bekannten gewesen, um kaputte Sachen zum Flicken abzuholen. Die Karre bricht unter der ersten Fracht schon fast zusammen. Ich rechne, mindestens drei Monate musst du daran arbeiten, wenn du dich richtig ranhältst. Dafür kannst du ganz schön kassieren – für Hängematten reicht es allemal.« Rod strahlte.

Pedro war sprachlos. Verdutzt schaute er den anderen zu, wie sie die Gepäckstücke in den Keller schleppten.

An einem einzigen Tag hatte sich sein Leben total verändert. Ihm schien, als sei er mit einem Schlag erwachsen geworden,

»Interessiert dich das Urteil eigentlich überhaupt nicht?«, fragte Rod, als alles eingeräumt war und sie sich im Halbdunkel um die kalte Feuerstelle niederließen.

Tatsächlich, Pedro hatte nicht mehr daran gedacht.

»Jede Wette, dass der General mehr bekommen hat als Manu Diablo«, meinte Ramon mit verächtlichem Grinsen.

»Die Wette hast du schon verloren. Beide haben gleich viel kassiert, nämlich lebenslänglich«, verkündete Rod, »ein hartes Urteil für hiesige Verhältnisse, aber gerecht.«

»Lebenslänglich?« Die Jungen schwiegen alle für einen Augenblick. Jeder versuchte wohl sich vorzustellen, wie es sein musste, Jahre und Jahre eingesperrt zu sein, bis man starb.

Rod erriet ihre Gedanken. »Lebenslänglich – das bedeutet fünfundzwanzig Jahre. Und da die beiden Verurteilten über sechzig Jahre alt sind, dürften sie uns vermutlich in fünfundzwanzig Jahren wohl kaum mehr in Freiheit begegnen.«

»Ich versteh das nicht«, murmelte Fernando, »für Mord, ja, für den General, das kann ich mir noch vorstellen, aber ehrlich: fünfundzwanzig Jahre wegen eines Schlages auf einen Kinderfuß...«

»Du musst das mit den Augen des Gesetzes sehen«, sagte Rod, »in der Urteilsbegründung sprach man von Kinderraub, Menschenhandel, Kindesmisshandlung, Nötigung – schließlich wollte er damit Pedro erpressen – und Anstiftung zum Mord. Ohne Pedros Aussage wäre der General wohl für den Mord an Teresa eingesperrt worden, aber Manu Diablo hätte man wahrscheinlich nichts nachweisen können und man wäre wieder genau da gewesen, wo man vorher war. Mit deinem Mut hast du nicht nur deine Bettler-Freunde, sondern die ganze Stadt von einem ungeheuren Druck befreit. Ich bin sehr stolz auf dich, Pedro.«

Das mit dem Druck brauchte er Pedro nicht zu erklären. Pedro spürte es an seinem eigenen Leib. Es war, wie wenn man aus einem bösen Traum aufwachte und merkte, dass es wirklich nur ein Traum gewesen war.

»Ich muss jetzt gehen; Cata und Inez kommen fast um vor Neugierde. Ich habe versprochen, beim Nachtessen alles ganz genau zu erzählen.«

Pedro begleitete Rod zum Wagen und reichte ihm die Hand. »Morgen in der Klinik?«, fragte er. »Ich werde jeden Tag für den Besuch bei Juanita eine halbe Stunde von meiner Arbeitszeit abzwacken, sonst wird ihr am Ende noch langweilig dort oben.«

Rod stieg in den Wagen und ließ den Motor aufheulen. Noch einmal beugte er sich halb aus der offenen Wagentür: »Und du bist ganz sicher, dass du hier bleiben willst, Pedro?« Pedro sah ihn an und spürte, wie ihm das Herz schwer wurde. Er wusste nicht, ob sein Entschluss richtig war. Vielleicht würde er ihn morgen schon bereuen. Sein Leben würde ganz anders werden, wenn er jetzt mit Rod ging. Wie konnte er wissen, was für ihn besser war? In seinem bisherigen Leben hatte er immer nur getan, was man ihm befohlen hatte. Immer hatte er sich erträumt, einmal sein eigener Herr zu sein und selbst zu bestimmen, was er tun wollte. Und jetzt war es so schwierig.

Rod spürte sein Zögern.

»Bist du sicher?«, fragte er nochmals.

»Ganz sicher«, antwortete Pedro mit fester Stimme und gab der Tür einen sanften Stoß, dass sie leise ins Schloss fiel.

Er blieb auf dem Kai stehen, bis er die roten Bremslichter weit vorn auf der Höhe des Stadttors aufleuchten und Richtung Osten abbiegen sah.

Dann ging er hinein zu den anderen.